長編旅情推理
書下ろし
旅行作家・茶屋次郎の事件簿

梓《あずさ》林《りん》太《た》郎《ろう》

鎌《かま》倉《くら》殺《さつ》人《じん》水《すい》系《けい》

NON NOVEL

祥伝社

目次

装幀／かとう みつひこ
カバーフォト／t.sakai , PIXTA
地図作成／三潮社

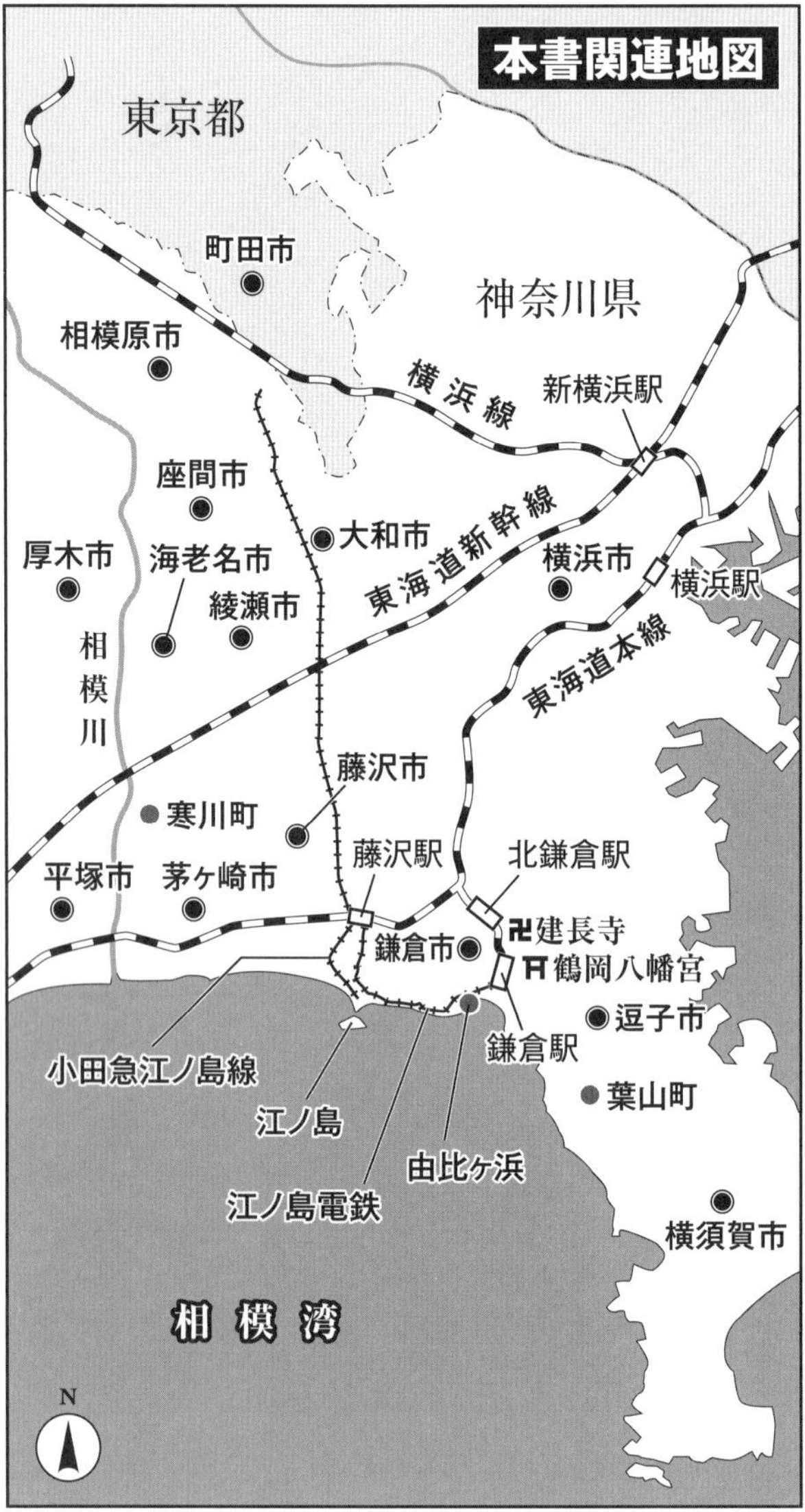
本書関連地図
東京都
神奈川県
町田市
相模原市
横浜線
新横浜駅
座間市
大和市
東海道新幹線
横浜市
横浜駅
厚木市
海老名市
綾瀬市
相模川
東海道本線
藤沢市
寒川町
藤沢駅
北鎌倉駅
平塚市
茅ヶ崎市
建長寺
鎌倉市
鶴岡八幡宮
逗子市
鎌倉駅
小田急江ノ島線
葉山町
江ノ島
由比ヶ浜
江ノ島電鉄
横須賀市
相模湾
N

一章　氷雨

1

烏《からす》が、真《ま》っ逆《さか》さまに地面に衝突し、羽も胴も脚も四散した――夢ではないような気がしたので、窓を開けて真下の道路に目を落とした。なんの変化も起きていなかったが、黄色のランドセルの少年が、学校とは反対のほうへ歩いていた。

旅行作家の茶屋次郎《ちゃやじろう》は、目黒区祐天寺《めぐろくゆうてんじ》のマンションに住んでいる。四十三歳の独《ひと》り暮らしだ。離婚歴があることは知友や関係者に知られている。彼は旅に出ていないかぎり、日曜、祝祭日を問わず、電車で渋谷《しぶや》の事務所へ通う。

きょうは十一月初旬で、好天だ。一曲うたいたくなるように空は澄んでいる。

駅で電車の到着を待っているところへ、衆殿社《しゅうでんしゃ》・「女性サンデー」編集長の牧村《まきむら》が電話をよこした。彼が朝、電話をよこすのは珍しい。

「俳優の高浜敬三《たかはまけいぞう》を知っていますよね」

牧村は、朝の挨拶《あいさつ》なしにいきなりいった。

「ああ、テレビドラマによく出ている人だ。たしか現在放送中の『大断層』というドラマに……」

「そう。その高浜さんと私は十年来の付合いです」

牧村は、朝からなにをいいたいのか。茶屋は電車が到着するというアナウンスをききながら、青い空を仰《あお》いだ。五、六羽の鳩《はと》がホームの上を横切った。

「けさ、高浜さんが電話をよこして、信頼できる調査機関を知っているかって、きかれました。それで私は、なにを調べたいのかってききました。高浜さんは、ある人のことをとだけいいました。信頼できる人に、なにかを相談したいようなんです」

「高浜さんは、あんたに相談しようとはしないんだね」

　電車が到着した。茶屋は、渋谷に着いたところで電話するといって、牧村との電話を切った。車内には立っている乗客のほうが多かった。茶屋は、うれた柿のような色の服を着た女性の横の吊《つ》り革《かわ》をつかんだ。渋谷に着くと、歩きながら牧村に電話した。牧村はまだ自宅にいるらしい。

「高浜さんには大事な話があるらしいので、世慣れしきった擦《す》れ枯《か》らしの茶屋先生を紹介しておきました」

「朝から、いうじゃないか」

「高浜さんの話をきいたうえで、適当な調査機関でもあれば、そこを紹介してあげてください」

「了解」

　茶屋は、道玄坂《どうげんざか》のビルの二階の事務所に着いた。

　いつものことだが、「サヨコ」と呼んでいる江原《えばら》小夜子《さよこ》と、「ハルマキ」と呼んでいる春川真紀《はるかわまき》が出勤していて、ソファに腰掛けている男の前に立っていた。

「おはよう」

　茶屋は少し大きい声でサヨコとハルマキの顔にいった。

　ソファにすわっていたグレーのジャケットの男が立ち上がった。身長一七六センチの茶屋と同じぐらいの背丈で肩幅は広くて厚くて、ラグビー選手のようにがっしりしている。四十二、三歳だろう。その男が俳優の高浜敬三だった。

「牧村さんから紹介を受けました。お忙しいところを、朝から申し訳ありません」

　高浜は腰を折った。その彼に茶屋は名刺を渡した。高浜は、名刺を持っていないといい訳をいった。俳優は顔が名刺だろう。

　サヨコが手で前を隠すようにして、

「コーヒーをお召し上がりになりますか」

と、高浜にきいた。

「ありがとうございます。いただきます」

コーヒーをたてるのはハルマキの仕事だ。

ハルマキは、有名俳優の来訪を受けているので、いくぶん興奮しているのか緊張してか、床に物を落とす音をさせた。

「毎週、土曜の夜の『大断層』を観《み》ています」

茶屋は世辞をいった。「毎週」といったのは嘘《うそ》である。

高浜は目を細めて頭を下げた。

「きのうのことですが、思いがけないことが起こりましたので、牧村さんに電話しました。すると牧村さんは、茶屋次郎先生を知っているかとききました。お名前だけはと答えると、茶屋先生はさがしもの、揉《も》め事などの相談にのってくれる方なので、訪ねてみなさいといわれました」

茶屋は肚《はら》のなかで、「ちくしょう、牧村め」と叫《さけ》んだ。

きょうの茶屋は、「週刊モモコ」の二人の女性編集者と昼食を摂《と》りながら、新連載企画の「日本の湖」についての打ち合わせをすることになっている。世間に知られた湖とその周辺の風光や食べ物や人びとの営みを紹介する。北のほうの湖から順に南へというのでなく、たとえば信州《しんしゅう》諏訪湖《すわこ》から突然、北海道の摩周湖《ましゅうこ》へ飛ぶという具合に、毎月一回、紀行記を書くという企画だ。取材旅行には二十三、四歳の三保野松子《みほのまつこ》という女性編集者が同行する予定である。


「じつは……」

高浜はこめかみのあたりに指をあてた。

「きのうの午後ですが、私は西新宿《にししんじゅく》のミルトン東京のラウンジで、桐谷沙希《きりたにさき》という女性と会うことにしていました。会う約束は午後三時でした。彼女はいつも私より先に着いていたのですが、きのうにかぎって着いていませんでした。……三十分経《た》ってもあらわれないので、電話をしました。すると私の電話を拒否しているように電源が切られていました。その後、何度掛けても同じでした」

　高浜は暗い目をした。その目は、彼女の身に異変が起きたにちがいないといっていた。

「あなたには、奥さんは」

　茶屋は声を低くしてきいた。

「二年前に離婚しました。私の素行が原因です。娘が一人いました。娘は現在中学生で、別れた妻と暮らしています」

「桐谷さんとのことが原因で、奥さんとは……」

「いいえ」

　高浜は体裁が悪いというふうに横を向いた。

　桐谷沙希とは、離婚原因になった女性と手を切ったあと知り合ったということか。

　茶屋は、包み隠さず話してくれといってから、桐谷沙希の職業をきいた。

「イラストレーターです。毎日、自宅マンションで絵を描いています。私は彼女の自宅兼仕事場を訪ねたことはありません。外で会うたびに仕事のことをちょくちょくきくだけでした」

「売れっ子ですか」

「そうではないようです。もう少し仕事が欲しいということがありました」

「仕事の関係先は」

「主に広告代理店のようです。……最近のことですが、北陸の酒蔵から、ラベルのデザインを直接注文されたといって、喜んでいました」

「何歳ですか」

「二十七歳だときいています」

　東京の美術大学を卒業して、自動車メーカーに勤め、車内や付属品のデザイン制作を担当する部署にいたが、約三年でメーカーを退職して、フリーになった。広告代理店の下請《したう》けと出版社からの仕事で、生計が立てられると見込んだからだったという。

「それと……」

　高浜は深呼吸でもするようにからだを起こした。

茶屋は、俳優の表情に注目した。サヨコとハルマキは衝立《ついたて》の後ろに隠れるようにして高浜を見ている。茶屋次郎事務所を訪ねてきた人は数えきれないほどいるが、有名俳優の来訪は初めてだ。高浜敬三を映画やテレビで何度も観ただろうが、それは演技をしているところだった。いまの彼はナマである。人並みの、いや普通の人がめったに経験しないだろう困り事を、相談にやってきているのだ。茶屋は身を乗り出して、高浜の困り事を真剣にきいている。普段はあまり人の役に立ちそうもない山や川の話を雑誌に書いているのだが、けさの茶屋次郎は人の苦難を救うホトケのようでもある。衝立の陰《かげ》のサヨコとハルマキは、高浜の言葉がきこえると高浜のほうを向き、茶屋がなにかいうと彼の顔のほうへ首をまわした。

「一年あまり前のことですが、彼女は小説を書いて、ある文芸雑誌の新人賞に応募して、入選しました」

高浜がコーヒーを一口飲んでいった。

「ほう、多才な方ですね、桐谷さんは」

「入選作は雑誌に載《の》ったし、出版社にお祝いの会を催《もよお》してもらったそうです」

高浜が桐谷沙希を知り、親しい間柄になったのは、彼女が小説の新人賞を受賞した数か月あとであった。

赤坂《あかさか》のテレビ局のサロンで高浜は、ドラマづくりのスタッフと打ち合わせをしていた。

その近くの席で、桐谷沙希は文芸雑誌の編集者と会っていた。雑誌の編集者は高浜を知っていたので、打ち合わせのすんだ高浜を沙希に紹介した。勿論《もちろん》沙希は高浜を映像で知っていた。沙希は有名俳優を紹介されて、身が縮む思いをこらえていた。高浜の目には、いくぶんはかなげな沙希の姿が焼き付いた。彼は、「いつかお茶でも一緒に」といって、電話番号を教えてもらった。

それがきっかけで、以後二人はたびたび会うようになった。どこで会っても高浜は人目を意識して、暗いほうを向いていた。

「彼女は、イラストレーターで暮らすよりも、小説家で生きたかったんです。それで仕事の合い間に小説を書いていたようです」

「あなたは、彼女の書いた作品をお読みになったことは」

「ありません。彼女が見せようとしないからです」

「彼女の書いたものは、雑誌に載ったでしょ」

「入選作だけは雑誌に載ったということですが、その後に書いた作品は面白くなかったらしく、採用されなかったということです。しかし、小説家を諦めたわけではなく、いまもちょくちょく書いているといっていました」

　茶屋も彼女と同じような新人の話をきいたことがある。入選して、その作品が雑誌に発表されたが、その後に書いたものは尽《ことごと》くボツにされて日の目を見ない。そういう新人が幾人もいるということだった。

　茶屋の場合は、山行記と旅行記だ。美しい風景と氷のような波しぶきを浴びそうな岬《みさき》の風光を短文にしている。読む人によっては、その土地を想像して、現地へいってみたくなるだろうし、逆に身震いをもよおす人もいるだろう。三年ばかり前のことだが、青森の奥入瀬《おいらせ》を書いた。夕方が近づいたころ、水面と同じ高さの渓流《けいりゅう》を急いで下っているとき、暗い森のなかで、野生の野太い声をきいた、と書いた。するとそれを読んだ何人かから、「私も同じような声をきいたことがある」という投書が編集部へ何通も届いた。

　熱心な読者はいるもので、十和田湖《とわだこ》から奥入瀬渓流を下るうち、雲井《くもい》の滝あたりで野生らしい無気味な鳴き声をきいたとか、阿修羅《あしゅら》の流れでは、馬の嘶《いなな》きをきいた、という手紙をくれた人もいた。

2

茶屋は、桐谷沙希の出身地を知っているかと高浜にきいた。

「生まれた所は箱根《はこね》だそうです」

「ほう、観光地ですね。箱根のどこでしょう」

「箱根湯本《ゆもと》。祖父の代からみやげ物の店をやっていたが、父の代になって、その商売を廃業したといっています。……彼女の父親はからだが弱かったらしく、四十半《なか》ばで亡くなったようです。母親は、住んでいた家と店を人手に渡して、鎌倉《かまくら》へ転居したそうで、彼女は鎌倉で高校を卒業して、東京の美大へと進んだときいたことがありました」

「兄弟《きょうだい》はいるのでしょうか」

「妹が一人いるようです。鎌倉のどこに住んでいるのかや職業は、きいたことがありません」

なぜ係累のことをきいていないのかと茶屋は首をかしげたが、高浜にとっては必要なことではなかったのだろうと想像した。

「桐谷さんの住所は」

「世田谷《せたがや》区の梅ヶ丘《うめおか》のマンションですが、私はいってみたことはありません。きのう、その住所へいってみようかと思いましたが、こういう職業ですので……」

世間に知られているので、人から無関係と思われる場所には近寄らないことにしているといって、彼女の住所を教えた。

ドアにノックがあって、牧村が入ってきた。きょうの彼は、目が醒《さ》めるような緑色のジャケットを着ていた。彼はときどきミカンのような色のジャケットを着ていることがあるし、血を吐いたような真っ赤なネクタイを吊り下げていることもある。人が振り向くか、そばを避けて通るような色の物を選ぶのは、妻なのではなかろうか。

牧村は、サヨコとハルマキのほうを向いて朝の挨拶をすると、茶屋にはなにもいわず、茶屋の横に腰掛けた。

「桐谷さんは、高浜さんと会う約束をしていないながら、その場所へあらわれないし、電話も通じない。……彼女は故意に電源を切ったのでしょうか」

牧村は高浜の顔に向かっていった。

「私とは会えない、といっているようです」

高浜は俯《うつむ》いた。

ハルマキが牧村の前へコーヒーを置いた。牧村は礼もいわず、砂糖もミルクも注《つ》ぎ足さずコーヒーを一口飲んだ。

「最近、彼女とはいい合いでもしましたか」

牧村が高浜にきいた。

「いいえ。争いごとなどしたことはありません」

「茶屋先生。これは重大事件のはじまりかもしれませんよ」

牧村は、コーヒーカップを音をさせて皿にのせた。

桐谷沙希は、ミルトン東京へ向かう途中、何者かに拉致《らち》されたのではなかろうか、と茶屋は推測した。もしかしたら彼女は何日も前からスキを窺《うかが》われていた。つまり外出を狙《ねら》われていた。昨日の彼女は、高浜とミルトン東京で会うために自宅を出た。単独だったにちがいない。

「彼女に危険が迫っていることが考えられる。ですので警察に相談したほうが」

茶屋がいった。

「先生」

牧村が茶屋の横顔に、針でも刺すような目を向けた。

「高浜さんは、桐谷さんとの間柄を世間に知られたくないんですよ。それが有名俳優の辛《つら》いところです。警察に、内密にと頼んでも、刑事の周辺をウロウロしているマスコミ関係者に、嗅《か》ぎつけられることが考えられる。……なので茶屋先生に相談してるんじゃないですか」

牧村の声は高くなった。

茶屋は腕を組んだが、「よし」といって立ち上がった。

「高浜さんのきょうのご都合は」

「築地《つきじ》で映画製作の関係者と会うことにしています。そのあとは、『大断層』の撮影で、砧《きぬた》のスタジオへいきます。たぶん撮影は夜になると思います」

「では私は牧村さんと、梅ヶ丘の桐谷さんの……」

「ちょっと、ちょっと。私は梅ヶ丘へなんかいっているヒマはありません。きょうは大事な編集会議がある」

緑のジャケットの牧村も立ち上がった。

高浜は腕の時計を見てから、「よろしくお願いします」と茶屋にいって深く頭を下げた。桐谷沙希の行方《ゆくえ》をさがしてもらいたいといっているのだった。

高浜と牧村が事務所を出ていくと、茶屋はノートをポケットに入れ、サヨコを手招きした。

「高浜さんの話をきいたと思うが、桐谷沙希という人は、危険な状態にあるような気がする。失踪のヒントをつかむために、彼女の住所へいってみるので、一緒に」

サヨコは、分かったといってから、鏡に顔を映していた。

地図で桐谷沙希の住所を見ると、小田急《おだきゆう》線の梅ヶ丘駅から比較的近く、梅林のある羽根木《はねぎ》公園の東側あたりらしい。

サヨコは桔梗《ききよう》のような色のジャケットに袖《そで》をとおすと白いバッグを提《さ》げた。

「じゃあいってくる」

彼女はハルマキにいって、茶屋の背中を押した。

茶屋は車にするかを一瞬迷ったが、訪ねる場所が駅から近そうなので電車にした。下北沢《しもきたざわ》で小田急線に乗り替えて梅ヶ丘で降りた。目当ての「アモール」というマンションを十分後に見つけた。灰色の六階建てだ。桐谷沙希の住所は三階の三〇三号室。エントランスのメールボックスには「桐谷」と手書きらしい字の札が入っていた。茶屋は左右に人目がないのをたしかめてから、メールボックスの扉を開いた。

広告が二枚と白い封書が投げ込まれていた。茶屋は封書を摘《つま》み出して封書の表と裏を素早く撮影した。これは犯罪に類するだろうが、ものを調べるには多少の違法行為は避けられない。差出人の住所は、岐阜県下呂《げろ》市で、氏名は滝田美代子《たきたみよこ》とあった。ペンで書いたその文字は細くて美しかった。

サヨコは茶屋の行為を、眉間《みけん》に皺《しわ》を立てて見ていた。

三階へ昇って「桐谷」と小さな表札の出ている部屋のインターホンを鳴らした。当然のように応答する人はいなかった。高浜は、彼女は独り暮らしらしいといっていたが、そのとおりのようだ。彼女は新聞を購読しているらしく、ドアにはきょうの朝刊が挿し込まれていた。

一階へもどった。サヨコがマンションの家主を聞き込んできた。駅前の「渡月堂《とげつどう》」という菓子店だという。

その菓子店のウィンドーには和菓子も洋菓子も並んでいた。古くからの店らしい。

白衣の若い女性店員が二人いて、茶屋とサヨコに笑顔を向けた。用件を告げると、白髪まじりの頭の女性が出てきた。その人は綿貫《わたぬき》という家主方の主婦だった。茶屋は小柄の主婦に名刺を渡した。主婦の目は、茶屋の顔と名刺を往復した。

「茶屋次郎さんて、週刊誌でよく目にする方では」

「はあ、週刊誌に、山や川や森や林や野原のことを書いています」

「では、今度はお菓子のことでも」

「いいえ。きょうはある人のことをうかがいにまいりました」

茶屋は、アモールというマンションの三階に住んでいる桐谷沙希について、ききたいことがあるのだといった。主婦が目でうなずくと、茶屋とサヨコを店の奥へ案内した。調理場の奥にはせまい応接室があった。

「桐谷さんにお会いしたことは」

茶屋がきいた。

「何度も会っていますよ。桐谷さんからは、飲料水メーカーのキャラクターだといって、きれいな女性を描いた絵をいただきました。プロですので当然ですが、主人と一緒に、うまいものだといって褒《ほ》めました。……最近のことですが、主人が洋菓子の包装紙を新しくしたいので、そのデザインを桐谷さんにお願いしようかといいました。まだ桐谷さんには伝えていませんが、近いうちに会って話すつもりです」

「桐谷さんは、よろこぶでしょうね」

茶屋はそういったが、気になることが起こったのだ、と主婦の顔にいった。

茶屋は、高浜敬三のことをある男性といった。

「桐谷さんはきのうの午後、ある男性と西新宿で会うことにしていたのですが、彼女は約束の場所へきませんでした」

そこで男性は彼女に電話をした。すると電源が切られていたので、男性は不安を感じた。きょうになっても彼女の電話は通じない、と話した。

「桐谷さんの身に、なにか良くないことでも起こったのでしょうか」

主婦は白い頰《ほお》を両手ではさんだ。

「そうとしか思えません。桐谷さんのところへ訪ねてくる人はいましたか」

「さあ、見たことはありません」

桐谷沙希と身の上話でもしたことがあるかときいた。

「ありません。桐谷さんはどちらかというと口数が少ない方です。職業はイラストレーターだし、小説も書くときいたことがあったので、わたしは興味を持っていました。そのうちに、ご家庭のことなんかもきいてみたいと思っていました。それとお仕事で成功なさるといいなと」

主婦は、近所のスーパーマーケットで沙希を見掛けた日があった。なにを買うのだろうかと見ていると、野菜を一つ二つカゴに入れ、魚や肉のコーナーの前を素通りして、米と味噌《みそ》を買っていたという。服装は地味だし、化粧も薄いという。

「そういってはなんですけど、話していても、歩いている姿もなんとなくはかなげなんです。器量よしですので、きっと男の人には好かれるでしょうと見ていました」

主婦は視線を天井に向けた。沙希の背中でも目に映していそうだ。

3

事務所にもどるとサヨコに、近くの藤本《ふじもと》弁護士事務所に電話をさせた。桐谷沙希の住民登録の確認を依頼したのだ。住民票には本籍地が載っているし、前住所も記載されている。

一時間ほどすると、弁護士事務所の女性職員から回答の電話があった。

桐谷沙希は本名で、二十七歳。本籍地は神奈川県鎌倉市。

以前の本籍地は、箱根町湯本だが転居と同時に転籍していた。

弁護士事務所は、茶屋がなにを知りたいのかを分かっているようで、家族の住民票も確認していた。それによると沙希の母は桐谷苑子《そのこ》、五十一歳。妹は花香《はなか》、二十四歳。母と妹は本籍地の鎌倉に住んでいることになっている。花香は独身のようだ。

茶屋は鎌倉へ桐谷母子を訪ねるつもりだ。母子は、沙希の行方不明を知っているのだろうか。母と妹は、東京に住んでいる沙希とは、始終連絡を取り合っていたのだろうか。

もう一人、連絡を取りたい人がいる。それはきれいな字の封書を沙希に送った滝田美代子という人だ。メールでやりとりできる時代になっているのに手紙を送る。手紙で近況などを知らせる人はきっと古風なのだろう。あるいは白い封書の手紙には、重要なことが書かれているのかもしれない。メールでは、すますことのできない事柄を書いているのではないか。

高浜敬三はきのうの午後三時に桐谷沙希と会うことになっていた。高浜が彼女と連絡を取り合うことができなくなってからまる一日が過ぎた。

茶屋は高浜に電話した。高浜は築地で映画制作の関係者と会っている最中ではないか。

電話の呼び出し音は四回鳴って、高浜は、「はい」と答えた。茶屋は、沙希とは連絡が取れたかをきいた。

「いいえ」高浜は首を横に振ったようだ。

茶屋は、沙希の母と妹が鎌倉に住んでいることが分かったので、あした二人に会いにいくといった。

「お忙しいところを、申し訳ありません。なにか分かりましたら……」

知らせてくれというように小さい声でいった。映画やテレビドラマで、ときには豪快な役を演じている人とは思えない、気弱そうな声である。

「あしたにしようと思ったが、これから鎌倉へいってくる」

茶屋は、サヨコとハルマキにいって椅子《いす》を立った。

「鎌倉って有名なところだけど、いったことがない」

ハルマキが茶屋の前へきていった。

「わたしは、去年のお正月、銭洗弁天《ぜにあらいべんてん》へいったけど、雨に降られたので、ほかのところへ寄らずに帰ってきた」

サヨコだ。

「鎌倉って、ここからどういうふうにいくの」

ハルマキがサヨコにきいた。

「渋谷から東横《とうよこ》線で横浜《よこはま》へいく。横浜からは横須賀《よこすか》線。それほど遠いところじゃないよ」

サヨコは茶屋に、独りでいくのかときいた。

「人手が欲しくなったら、電話で呼ぶ。夜中になるかも」

「え、えっ」

二人は顔を見合わせた。

鎌倉市は神奈川県南東部で三浦《みうら》半島の基部。相模《さがみ》湾《わん》の岸だ。一一九二（建久《けんきゅう》三）年、源頼朝《みなもとのよりとも》が幕府を開いてから一三三三（元弘《げんこう》三）年、北条《ほうじょう》氏滅亡まで武家政治の中心地だった。三方を山に囲まれ、周囲には由緒ある社寺が多数存在している。文化都市で、人口約十七万二千。日本最大の八幡宮《はちまんぐう》の一つである鶴岡《つるがおか》八幡宮からのびる若宮《わかみや》大路を中心に市街が発達した。山地には、建長寺《けんちょうじ》、円覚寺《えんがくじ》、寿福寺《じゅふくじ》、浄智寺《じょうちじ》、浄妙寺《じょうみょうじ》の鎌倉五山がある。

桐谷沙希の母苑子と妹花香の住所は、北鎌倉駅から歩いて七、八分の古そうな二階屋だった。玄関の杉の柾目《まさめ》の浮いた柱には白い石に黒字の表札が貼《は》りついていて、窓のガラスには薄い灯りが映っていた。

「夜分に申し訳ありません」

茶屋は玄関のドアに向かっていった。

「どなたさまでしょうか」

女性の声がきいた。

「茶屋次郎という者ですが、急な用事があるものですから」

ドアが少し開いた。玄関には灯りが点《つ》いていた。十センチばかり開いたドアのなかの人は中年女性のようだった。茶屋はドアのあいだへ名刺を差し入れた。

女性はドアを開けた。夜の訪問者を警戒しているようだった。

茶屋は職業をいって、沙希の行方を人から頼まれてさがしているのだといった。

「どうぞ、お入りください」

胸で手をにぎってそういったのは、沙希の母親の苑子だった。

「あのう、沙希の行方とおっしゃいましたが……」

「沙希さんは、きのうから行方不明です。それで、ご実家にでもと思いまして」

「行方不明……」

苑子がそういったところへ、部屋の奥からわりに背の高い女性が出てきた。すぐに沙希の妹の花香だと分かった。母娘《おやこ》は目許《めもと》が似ていた。

茶屋はあらためてここを訪ねるまでを話した。俳優の高浜敬三の名も口に出した。

「沙希が、高浜敬三さんと」

苑子と花香は顔を見合わせた。沙希は有名な俳優とどんなきっかけで知り合ったのかといっているようだ。

「姉は、高浜さんとの約束の場所へこなかった。どんなことが考えられますか」

花香が茶屋の顔を見てきいた。

「何者かに攫《さら》われたことが考えられます。沙希さんとは電話がつながらない。それは沙希さんの意思ではないと思います」

茶屋は母娘を見比べながら、沙希とはたびたび会っていたかをきいた。

「先月の初めにきて、一泊していきました」

苑子が答えた。

そのとき、どんな話をしたかを茶屋は苑子と花香の顔を見ながらきいた。

「イラストの仕事を、もう少し欲しいっていっていました。収入の少ないのが悩みだったんです。ひまなときは小説を書いているけど、出版社から依頼されているのではないって、寂しそうな顔をしていました」

花香がいった。

「どこかに勤めることは考えなかったんですね」

「姉は、イラストの仕事が好きだったんです。いつかは、いつかはって……」

「いつかは、とは」

「それまで描いたイラストの個展を開くことができるのを、夢見ているようでした」

茶屋はポケットから取り出したノートを開いた。そこには下呂市に住んでいるらしい滝田美代子の住所が書いてある。

茶屋は、滝田美代子という人を知っているかと母娘にきいた。二人は、知らない人だと答えた。

「きのう、きょう、姉はどこでどうしているのでしょう」

花香は小さい花柄のハンカチをつかんだ。

苑子は俯いて、ときどき鼻に手をあてた。

茶屋は、もしやと思って沙希の電話番号をプッシュしてみた。なんの音もしなくなっていた。まるで沙希が息を引き取ったようである。

「こちらは以前、箱根にお住まいだったようですね」

茶屋がきくと、苑子は一瞬、キツい目をしてから下を向いた。返事をしなかった。まるで、嫌なことをきく男だといわれているようだ。茶屋は母娘の表情を見ただけで黙った。肚のなかでは、なぜかと疑った。箱根から転居した理由をきかれたくないのか。隠さなくてはならないのだとしたら、その事情を知りたくなった。

茶屋が、「箱根」といっただけで二人は寡黙《かもく》になった。もしかしたら桐谷一家は箱根にいられなくなって、鎌倉へ移ったのではないか。

彼は膝を立てた。夜分の訪問を詫《わ》びて外へ出ると、あらためて桐谷家を振り返った。窓に映っていた灯がひとつ消えた。急に冷たい風が頬をうった。桐谷母娘に石を投げつけられているようで、身震いした。

駅の近くで赤い灯を見つけて、飛び込んだ。焼き鳥の店だった。夕食を摂っていない彼の腹のなかの虫は、一時騒いでいたが、疲れ切ってかものをいわなくなっていた。カウンターでは、頭に一本も毛のない人が居眠りをしていた。

彼は熱い酒をもらい、焙《あぶ》った肉に唐辛子《とうがらし》を振りかけて食いちぎった。一瞬、桐谷母娘の怨《うら》むような冷たくて蒼《あお》い顔が目の前を過《よぎ》った。

4

桐谷家の前住所は箱根湯本。箱根登山鉄道の起点だ。小田急の電車を降りると「箱根で一番大きい湯の町」という看板が目に入った。

湯本の温泉街は、早川《はやかわ》と須雲川《すくもがわ》沿いの低地から旧東海道沿いの高台まで拡大している。箱根温泉中最古のもので、奈良時代に発見されたと伝えられている。二宮尊徳《にのみやそんとく》の高弟、福住正兄《ふくずみまさえ》ゆかりの旅館もある。

駅を出るとみやげ物の店がずらりと並んでいる。観光客やリュックを背負った人たちが列をなしていた。どの店にも客が入っている。

茶屋は商店街を百メートルほど歩いて、寄木細工《よせぎざいく》ショップへ入った。女性の三人連れが店を出てきたのを見たからだ。

店内には六十歳ぐらいの夫婦らしい二人がいた。

「いらっしゃいませ」といった女性に、

「以前、この商店街に、桐谷さんという姓の方の店があったと思いますが」

ときいた。

「桐谷さん……」

彼女はつぶやいてから、夫らしい人を振り向いた。夫らしい人は、額《ひたい》に手をあててうなずいた。

「いなほ堂という店をやっていた家です」

男は左手のほうを指差した。いなほ堂は十軒ばかり先のみやげ物店だったといった。

「わりあい間口の広い店で、主に食器を扱っていました」

茶屋は主人らしい男の前へ立ち、いなほ堂は店をたたんで、一家は転居したらしいが、そのいきさつを知っているかときいた。

髪の薄くなった主人は、「どうぞ掛けてください」といって丸椅子をすすめた。

茶屋は主人に名刺を渡し、山や川の紀行文を書いている者だが、ある人から、不意に姿を消した女性の行き先をさがしてもらいたいと頼まれたのだと話した。

「その女性は桐谷という姓で、以前、箱根湯本に住んでいたとききましたので」

「そうです。いなほ堂をやっていたのは桐谷さんという姓でした」

店へ女性客が二人入ってきた。主人の妻が女性客に微笑を送った。

主人はドアを開けると部屋のなかへ茶屋を招いた。いなほ堂をやっていた桐谷一家のことを思い出したようだ。主人と茶屋は、板の間にあぐらをかいて向かい合った。

「桐谷さんが引っ越したのは、たしか二十年ぐらい前でした。小さい子どもが二人いたのを憶《おぼ》えています」

小さい子どもというのは、沙希と花香のことらしい。

「あれは六月の蒸し暑い夜でした」

主人はそういうと、なにをどう語ろうとしてか、胸で手を合わせると目を瞑《つむ》った。

「私は見たわけではありませんが、事件が起きたんです」

「事件。桐谷さんの家でですか」

「真夜中にドロボウが入ったんです。五十代の男です」

「ドロボウ……」

「どうやら、台所の戸をはずして侵入したようです。ドロボウは店へ入って、金の在《あ》り処《か》をさぐっていたんでしょうね。それに気づいたおじいさん、福《ふく》松《まつ》さんという名でした」

主人はなにを思い出したのか、背筋を伸ばすと身震いした。

茶屋は表情を変えた主人の顔を見すえた。

「福松さんは、日本刀で、ドロボウを袈裟懸《けさが》けに斬《き》ってしまったんです」

「日本刀で、袈裟懸けに……」

茶屋は思わず胸に手をあてた。斬られた男はどうなったのか。

「桐谷さんから通報を受けて、救急車もパトカーもやってきました。斬られた男は、病院へ運ばれる途中で死んだということでした」

「桐谷家には日本刀があったんですね」

「私は見たことはありませんでしたが、床の間に飾ってあったそうです」

ドロボウを袈裟懸けに斬った福松は、日本刀を持ったまま立っていたという。通報で駆けつけた警察官は、血の垂れる日本刀を片手にしている福松を見て、度肝《どぎも》を抜かれただろう。彼は警察へ連行された。後日きいた話だが、ドロボウは中型のドライバーを持っていただけだったという。

正当防衛だったが、福松には過剰防衛による殺人容疑がいい渡され、刑務所へ送られた。

ドロボウは、神奈川県小田原《おだわら》の広野四郎《ひろのしろう》、五十一歳。広野は妻と八十歳の母親との三人暮らし。息子が二人、娘が一人いるが、別居中だったという。

「福松さんは二年ぐらい服役していたと思いますが、監獄で亡くなりました。人からきいたことですが、福松さんは食事を拒否するようになり、衰弱して、亡くなったそうです」

事件後も、いなほ堂は営業をつづけていたのかを茶屋はきいた。

「福松さんの一人息子の政友《まさとも》さんが店を開いていましたけど、観光客は事件を知らないはずなのに、店にはお客が入らなくなったようで、シャッターを下ろしている日が多くなったという評判が立つようになりました。それに政友さんは病気がちになって、入院しているという噂《うわさ》もきこえてきました。……福松さんが獄死してから何か月もしないうちに、政友さんが亡くなりました」

政友の妻は、幼い女の子を二人連れて箱根をはなれていった。商店街の人たちはごくたまにいなほ堂と福松を思い出していたが、最近は、事件も、福松のことも忘れてしまってか、人の話題にのぼらなくなった。

いなほ堂は、桐谷家とは無関係の人が買い取って改装し、現在は「ゆのはな」というカフェになっているという。

茶屋は、そのゆのはなに入って、白いカップのコーヒーを飲んだ。平日だが客は何人も入っていて、軽食を摂っていた。若い女性店員が二人、澄んだ空のような色の前掛けをしていた。彼女らは、二十年ほど前にこの建物内で起きた惨劇など、露《つゆ》ほども知らないだろう。茶屋は窓を向き、寄木細工のショップの主人が話してくれた出来事を振り返っていた。

六月の蒸し暑い深夜。街の一軒の店へ、五十一歳の男が忍び込んだ。家のなかにしまわれているにちがいない現金を盗むつもりだったらしい。家のなかを忍び足で金の在り処をさがしていたが、小さな物音に主人が目をさました。主人はドロボウだと気付いた。そっと座敷へ入って、床の間に飾ってある日本刀をつかんで鞘《さや》をはらった。小さな物音をさせている部屋へ入った。賊《ぞく》は驚いて立ち上がった。薄暗いなかに立っているその男に向かって主人は、刀を斜めに振った。鮮血が天井にまで噴《ふ》き上がったにちがいない——。

次の日、茶屋は岐阜県下の下呂へいった。下呂は県が誇《ほこ》る温泉郷だ。桐谷沙希に宛てて手紙を送っている滝田美代子という人に会うためだ。

下呂は平安時代から湯治場《とうじば》として栄え、江戸時代には有馬《ありま》、草津《くさつ》と並び、「天下に三名湯あり」と謳《うた》われた。現在もその名湯を求め、多くの人が訪れている。温泉だけでなく、中山七里《なかやましちり》、横谷峡《よこたにきょう》、巌立峡《がんだてきょう》などの渓谷や、ダイナミックな滝など、自然の見どころも多い。下呂温泉の宿は、飛騨川《ひだがわ》の両岸や東西の山裾にずらりと並んでいた。街の中央に架かるいで湯大橋の下の河川敷には、石で囲まれた野天《のてん》風呂がつくられている。

茶屋は橋の中央部に立って河原をのぞいた。大小の石で囲まれた野天風呂があるが、日中のせいか、風が冷たいからか湯に浸《つか》っている人はいなかった。

二か所できいて滝田美代子の住まいへ着いた。古そうな大きい旅館の裏側の小さい家だった。玄関の柱に「滝田」の小さな表札が出ていた。茶屋はドアに向かって声を掛けた。二度呼んだが返答はなかった。隣家の主婦らしい人が顔を出し、「滝田さんは、昼間はいませんよ」といった。

どこかに勤めているのかときくと、

「大橋を渡って三〇〇メートルほどいった右側に、白い看板の松代《まつしろ》医院があります。滝田さんはそこの看護師さんです」

と教えられた。

「滝田さんは、何歳ぐらいの方ですか」

茶屋がきくと、

「会ったことがないのですね」

といわれた。茶屋がうなずくと、三十七、八歳だと思うと主婦は答えた。

茶屋は主婦に礼をいって滝田美代子が勤めている医院へ向かって、いで湯大橋を渡り直した。桐谷沙希の行方が分かるヒントでもつかめるだろうかと、不安に似たものが頭をかすめた。

松代医院に着いた。窓口に声を掛けると二十代と思われる白衣の女性が顔をのぞかせた。滝田さんに会いたいというと、「いま治療中なので、しばらくお待ちください」といわれた。

鉤《かぎ》の手になった待合室の椅子には、頭が白くなった女性が一人、バッグを抱えて俯いていた。待合室で本を読んだりする習慣のない人のようだ。

十分あまり経つと、四角い窓のあるドアが開いて、わりに背の高い女性が一歩踏み出して、

「わたしに面会の方でしょうか」

といった。

茶屋が名刺を渡すと、滝田美代子と名乗った女性は名刺をじっと見て、

「なにかで拝見したお名前のようですが」

といって、やや細い目を茶屋に向けた。

彼は、職業を簡単に説明した。

「思い出しました。週刊誌に載っていた、静岡県の川沿いで起きた事件の物語りを読みました」

そういうことを書いている人が名指しで会いにきた。いったいどんな用事かと、彼女は茶屋の顔をじっと見てまばたいた。

「あなたは、東京の世田谷区に住んでいる桐谷沙希さんをご存じですね」

「知っています」という返事が返ってくるものと思っていたが、意外にも彼女は、「知りません」と答えた。

なぜ知らないというのか、茶屋は彼女をみつめた。

「最近、桐谷さんに手紙を出しているではありませんか」

「手紙……。わたしは知らない方に、手紙なんか」

「出していないというんですね」

茶屋は、小型カメラのモニターを見せた。表書きと差出人名を書いた白い封筒の裏だ。そこには下呂の住所が細くて美しい字で書いてある。

「ええっ」

彼女はモニターを見ながら声を出した。

「わたしの名が」

といってから、「わたしではありません。わたしはこんなきれいな字は書けません」といって、事務室に入ると白い紙を持って出てきて、大きめの黒い字の文章を見せた。「つぎの診察は11月17日です。毎日、体温と血圧をはかって、それを書いてきてく

ださい」

　右肩上がりの角ばった文字だ。高齢の患者に渡すものらしい。

　彼女は、茶屋のかしげた顔を見ると、自分の氏名を書いた。うまい字ではない。手紙の文字とはまったく似ていない。

「わたしは、桐谷沙希という人を知りません。手紙を書いた人はなんの目的で、わたしの名を使ったのでしょうか。手紙にはどんなことを書いたのでしょうか」

　彼女は首をひねったり、茶屋の顔をにらんだりしていたが、桐谷沙希はなにをしている人なのかをきいた。

「イラストレーターで、独り暮らしです」

「何歳ですか」

「二十七歳。十一月七日から行方不明です。ある人と会う約束をしていたのに、その場所へ現れないし、電話も通じない。それでわたしはある人から、桐谷さんの行方さがしを頼まれたんです」

　違法だろうが、桐谷沙希が住んでいるマンションのメールボックスをのぞいたのだと話した。

　茶屋は、彼女がいうように手紙に書いてあることを知りたかった。

「あなたの住所を知っている人は、何人もいるでしょうね」

「下呂市森《もり》というところが実家です。両親も妹も弟も知っています」

「お友だちは」

「仲よしが二人います。二人ともわたしの住所を知っています。それから、わたしは三年ほど前に離婚しました。夫だった彼も、知っているはずです」

　彼女はそういってから、茶屋のカメラのモニターを見直して、

「こんな、きれいな文字を書く人をわたしは知りません」

　彼女は眉間に皺を立てた。それから、

「なんとなく悪意を感じます。不安ですし、不愉快です。茶屋さんは封書の中身を見ることはできませんか」

と、目に力を込めた。

「警察に相談します」

茶屋は、不愉快な思いをさせたのを謝ると電話番号をきき、医院を後にした。無駄なことをしたような気がしたが、どこかに暗い影がひそんでいるような思いを抱いた。

空が急に暗くなり、氷のような冷たい雨が落ちてきた。旅館の軒下《のきした》に飛び込んで、タクシーが通るのを待った。

二章　暗い熱

1

　茶屋は東京へもどると高浜に電話した。桐谷沙希の住所へは手紙が一通送られてきていた。差出人は岐阜県下呂市の滝田美代子だったので、沙希とは親しい間柄の人ではと思ってその人に会いにいった。するとと滝田という三十七、八歳で看護師の女性は、桐谷沙希を知らないし、手紙など出したことはないといった。他人の名を騙《かた》った悪質ないたずらではないかともいった。

　それで、沙希の住所であるマンションの郵便受けに投げ込まれている白い封筒のなかに、なにが書かれているかを見たい。それをするには警察の手を借りる必要がある。警察に協力を頼めば沙希の行方不明が知られるのだが、それを承知してもらいたいと茶屋は告げた。

「分かりました。沙希は犯罪に巻き込まれていることも考えられますので。ほんとうは私が届け出なくてはいけないのでしょうが……」

　高浜は心細そうな声を出した。

　沙希の住所の所轄は北沢《きたざわ》署だった。茶屋は北沢署で受付に用向きを話した。彼の説明をきいた大柄の女性警官は生活安全課を紹介した。相談室で長島《ながしま》という警部補に会った。

　長島は茶屋の仕事を知っていた。木曽川《きそがわ》や富士川《ふじかわ》沿いでの出来事を週刊誌で読んだという。

「私は、女性向けの週刊誌など買ったことはありませんが、娘が買ってきて読んで、茶屋次郎さんの川シリーズが面白いというものですから、読むようになりました。……今度はどこの川をお書きになるんですか」

「まだ決めていません。週刊誌からは早く決めろといわれています」

　茶屋は、桐谷沙希が十一月七日から行方不明になっていることを話し、鎌倉市に住んでいる彼女の母と妹を訪ねてきいたが、沙希の行方のヒントさえも摑《つか》めなかった。そこで沙希宛《あ》てに手紙を出した人がいたので、彼女とはどのような間柄かを知るために、下呂市へいってきたことを話した。

　すると、その人は、手紙を出したことはないし、第一、桐谷沙希という人を知らないといった。

　下呂市の滝田美代子名で出した白い封書は、いまも梅ヶ丘のアモールというマンションの郵便受けに眠っているはずだといった。

「茶屋さんは、桐谷沙希の郵便受けをのぞいたんですね」

「違法でしょうが、封筒の表と裏を撮影して、その差出人を訪ねたんです」

「他人の名で手紙を送った者がいるということですね」

「氏名を使われた女性は、悪意を感じるといっています」

　茶屋は、封書の中身を見たいのだといった。

　長島はうなずくと電話を掛けた。事件の臭いでも感じてか、刑事と一緒にマンションへいくという。

　五分と経《た》たないうちに男が二人、相談室へやってきた。四十代後半の中条《なかじょう》と三十代に見える水元《みずもと》という刑事だ。どうやら北沢署は平穏で、刑事たちはあくびをこらえていたようだ。

　四人はマンション・アモールのエントランスへ入った。昼間のマンションは眠っているように静かだ。

　白手袋をはめた中条が、「桐谷」という名札のあるメールボックスの扉を開けた。チラシ広告が四枚入っていた。白い封筒は先日のままだった。それを摘《つま》み出すと、表書きと差出人名が書かれている裏書

きを見て、

「茶屋さんはこの滝田という人に会いにいったんですね」

中条が念を押すようにきいた。

茶屋は顎《あご》を引いた。

中条は、あらためて表を見てから水元に腕を伸ばした。水元はバッグからルーペを取り出して渡した。中条は八十四円の切手が貼《は》られている部分にルーペをあてた。円い消印は薄くて文字は鮮明でない。

「消印は下呂じゃない。茅《ち》ヶ崎《さき》市西だ。神奈川県じゃないか」

中条はルーペをあてたままいった。

茶屋は、刑事がいったことをメモした。

桐谷沙希への手紙を書いた人は、神奈川県の茅ヶ崎西郵便局管内で封書を投函《とうかん》したことが判明した。その日付は十一月六日。沙希が行方不明になった日の前日だ。その封書は十一月七日に届けられたにちがいない。

「署へいって開封する」

白い封書は水元が持っているバッグにしまわれた。

四人は北沢署へもどった。刑事課の中央部のテーブルを四人は囲んだ。封は糊《のり》ではられているのでハサミを使った。中身は白い便箋《びんせん》一枚。グレーの罫《けい》に表書きと同じかたちのととのった細いペンの字が、流れるように「わたしは　あきらめない。ぜったいにやりとげる」と書かれていた。

「挑戦状のようだな」

中条だ。

茶屋は刑事たちに断わって、手紙を撮影した。

私情を加えず手紙をそのまま読むと、滝田美代子は桐谷沙希に強い恨《うら》みを抱《いだ》いているようだ。「わたしは　あきらめない」と書いている点からこれまでに何度かジャブを送っていたようにも受け取れる。

この手紙を沙希が読めば、どこのだれが攻撃を仕掛けてくるかの見当がつくような気がする。

「もしかしたら桐谷沙希は、同じ人間から何度か攻撃を受けていたのかもしれない」

中条は、暗い謎をふくんだ手紙を封筒へもどした。

この手紙を書いて送った人は、架空の名を使えばよいのに、実在する人の名を使った。なんとなく悪意を感じるが、差出人名の滝田美代子も、手紙を書いた人に恨みを持たれているようにも思われる。

事務所へもどった茶屋は、下呂市の滝田美代子に電話した。彼女はすぐに返事をした。茅ヶ崎市に知り合いがいるかをきいた。

「茅ヶ崎って、どこですか」

首をかしげているようだ。

「神奈川県の中南部で、相模川《さがみがわ》の近くです。東海道本線に茅ヶ崎駅があります」

「わたしはいったこともありませんし、知り合いはいません」

「あなたの名前で桐谷沙希さんに手紙を送った人は、その手紙を茅ヶ崎市内で投函していることが分かりました」

「なんだか気持ちが悪いですね。寒気がします」
三十七、八歳の看護師は胸を囲んでいるようだ。
茶屋は地図を開いた。彼も茅ヶ崎市へはいったことがないような気がするし、知友も住んでいない。

茅ヶ崎市は相模川の東側だ。相模川は神奈川県の中部を流れている。山梨県の山中湖《やまなかこ》に発源して、上流を桂川《かつらがわ》、相模に入って相模川になって湘南《しょうなん》の海に注いでいる。下流を馬入川《ばにゅうがわ》と呼び、東海道本線に沿って馬入橋という大きい橋が架かっている。

茶屋は桐谷沙希の行方さがしは、俳優の高浜敬三から頼まれたことをあらためて思い付き、高浜に電話した。呼び出し音が五回鳴って、「高浜です」と、大きい声が応《こた》えた。

茶屋は、北沢署に協力を求めて、手紙を開封したことを話した。白い封筒のなかの文面も話した。

「それ、脅迫《きょうはく》じゃないですか」

高浜は顔色を変えたようだ。

「高浜さんは、茅ヶ崎かその付近に知り合いがいますか」

「いません。茅ヶ崎へはゴルフに何度かいっていますが、そのほかには縁がありません」

彼は、さっきも沙希の電話をプッシュしたが、通じなかったといった。

北沢署は沙希が所持しているはずのスマホの位置をさぐっていたが、川に棄《す》てられたか、地中に埋められたかして、その所在をつかむことはできなかった。

これらのことを考えると、沙希はきわめて危険な状況にあるようだ。彼女は自ら居所を隠しているのではなく、何者かによって連れ去られ、これまでの彼女には縁のなかった土地に監禁されている可能性がある。

「高浜さんは、だれかから恨まれているのを、感じたことがありますか」

「あります」

彼ははっきりした声で答えた。

「たとえば、どなたから」

茶屋はテーブルに肘《ひじ》を突いた。

「別れた妻は、いまも私を恨んでいる。年に一、二度電話をくれることもあるし、会うこともあります。そのたびに彼女は、離婚の原因が私にあることを口にします。私を恨んでいるのは、別れた妻だけではありません。……以前私は近世座《きんせいざ》という劇団に所属していました。私にはテレビや映画からの出演依頼がくるようになったので、劇団を辞めてフリーになりました。そのため、劇団には金が入らなくなった。それと、一緒に勉強していたのに出し抜いた、と批判している団員が何人かいます」

「それは個人的な恨みでなく、妬《ねた》みでしょ」

茶屋は、どの業界にも妬みを抱いている人はいるものだといった。

高浜は、きょうは打ち合わせも撮影もないので、茶屋の事務所を訪ねていいかときいた。茶屋は承諾した。

茶屋は、サヨコとハルマキに、高浜がくることを伝えた。サヨコはバッグから円い鏡を取り出した。ハルマキは洗面所の鏡の前へ走った。

高浜は三十分後に菓子折りを手にしてあらわれた。サヨコとハルマキは並んで、高浜に頭を下げた。二人はいままで来客をそんなふうに迎えたことはなかった。

茶屋は、ソファにすわった高浜に、鎌倉の自宅へ沙希の母と妹を訪ねたことと、桐谷家の家族は以前、箱根湯本でみやげ物の店をやっていたことを話した。

「箱根湯本で……」

高浜は、ハルマキが出したお茶を一口飲んでつぶやいた。桐谷家が箱根にいたことが意外だったようだ。

「高浜さんは沙希さんから、以前、箱根に住んでいたことをきいていなかったんですね」

「彼女の家は、ずっと鎌倉だったときいていました。なぜ箱根で生まれたといわなかったのか」

高浜はこめかみのあたりに左手をあてた。テレビドラマで観《み》たことのあるポーズだ。

「桐谷家は、いなほ堂という店をやっていましたが、事件を起こしたので転居したのだと思います」

「事件……」

高浜は丸い目を茶屋に向けた。

「夜中にいなほ堂へ、ドロボウが入りました。沙希さんの祖父、福松という名です。その人は深夜の小さな物音に気付いて起き上がったんでしょう。そっと座敷へ入って、床の間に飾ってあった日本刀を抜いた」

「日本刀……」

高浜の目が大きくなった。

「福松という人は、家さがししていたドロボウを、日本刀で斬《き》ってしまったんです」

高浜は驚いたらしく口を開け、まるで時代劇のようだといった。

桐谷福松は刑務所へ入れられたが、夜盗を恨んだし、自分の過剰な行為を反省して怨《うら》み、約二年後に、自死するようなかたちで獄死したことを話した。

「知りませんでした。もっとも私が、家族はどういう人だったかなどを彼女にきかなかったからかもしれません。もしきいたとしても、おじいさんがドロボウを、日本刀で斬ったことは話さなかったでしょう。お父さんも早死にだったし、桐谷家の過去は幸せとはいえなかったようですね」

高浜は、寒さをこらえるように腕を組んだ。

2

下呂市の滝田美代子から、事務所にいる茶屋に電話があった。

「先日は、ご遠方からご苦労さまでした」

と、彼女は丁寧な挨拶《あいさつ》をした。

茶屋も、突然うかがって失礼したといった。彼女には名刺を渡していたが、電話をくれることは期待していなかった。

彼女は、先日は勤務先だったので、長話ができなかった、と、謝罪するようなことをいった。

「茶屋さんのお話をうかがってから、わたしの名を使った人のことをずっと考えていました」

「思い付いた人がいましたか」

茶屋がきくと、

「とても重要なことのようですので、もう一度お会いしたいのですが」

といった。

茶屋は、彼女が思い付いたらしい人のことを早く知りたかった。それで、下呂へもう一度いくというと、「岐阜羽島《はしま》までできていただけますか」と声を低くしてきいた。彼女は高山本線《たかやま》で岐阜まで出てくるという。茶屋は了解して、明日の午後一時に、岐阜羽島駅で落ち合うことにした。

「滝田美代子さんて、どんな人でしたか」

サヨコが茶屋のデスクの前へ立った。

「三十七、八歳の清潔な感じで、顔立ちのととのった、わりに背の高い。……たしか離婚経験があるといっていた」

「看護師さんなんでしょ」

「そう。温泉街の医院の。私がいったときは、待合室におばあさんが一人いるだけだった」

茶屋は、粗末な身なりをして、首を折って居眠りをしているような高齢の女性の姿を思い出した。医師は患者を診《み》ていたのだろうが、なんの物音もしていなかった。

「温泉街の医院の看護師さんか」

サヨコはなにを想像しているのか、黙ってパソコンの前へもどった。


翌日。茶屋は新幹線の名古屋《なごや》で「ひかり」に乗り替えて岐阜羽島で降りた。約二時間の旅だ。降車したのは十数人だった。滝田美代子は改札口にいた。

「遠いところを、申し訳ありません」

グレーのコートの彼女は目を細めて腰を折った。

駅舎を出たところに、クリーム色の壁のカフェがあった。客が二組入っていた。

昼食を摂《と》ったかを彼女にきくと、まだだと答えた。二人はサンドイッチにコーヒーをオーダーした。きょうは医院を休んだのかと茶屋がきくと、彼女は微笑を浮かべて、休診日だと答えた。

「このあいだから、わたしの名を使った人のことを、ずっと考えていました」

彼女は低い声で切り出した。気になってしかたがなかったにちがいない。

「五年ぐらい前のことです。わたしは日記を付けていないので、正確な年月日は分かりません」

そういってから、グラスの水を一口飲んだ。

「職業は写真家という男性ですが、下呂の旅館に何日か滞在しているうちに、高い熱を出して、旅館の車に送られて松代医院へおいでになりました。仕事ができず、旅館に泊まっていて、何日かつづけて医院へおいでになりました」

その男性は四十歳くらいで、住所は神奈川県藤沢《ふじさわ》市だった。からだは少し回復したので帰宅したが、二か月ほどすると松代医院へやってきた。からだのどこかが悪いのでなく、美代子に会いにきたのだった。

『あなたのことがどうしても忘れられないので、会いにきました。あなたは所帯をお持ちですか』

ときいた。そのころ美代子は三十二歳か三歳。離婚して半年ぐらい経っていた。医院の勤務が終ってから市内の料理店で一緒に食事をして、少しばかり身の上を話した。彼は独身だといった。写真集を一冊くれて、それに達筆のサインをした。新聞社や出版社の取材に同行して、写真を撮るのが主な仕事だともいった。

「その男性の名前を憶《おぼ》えているでしょうね」

茶屋がきいた。

「小金井《こがねい》基重《もとしげ》さんです」

茶屋は美代子に氏名の字をきいてメモした。

「住所を憶えていますか」

「藤沢市だったということしか」

藤沢市は鎌倉市の隣だ。

「松代医院には、その人を診た記録があるはずですね」

美代子はうなずいた。

記録を見て、あとで連絡してもらいたいと頼んだ。

「あなたは、小金井という人とお付合いをはじめたのですか」

彼女は小金井に対して好感を持ったが、深みにはまる前にと、そっと彼の住所をのぞきに藤沢市へいった。そこは鎌倉市境に近い古い一軒屋だった。近所の家で小金井家の家族をきいた。六十代後半の夫婦と、息子と娘が二人いて、上の娘は離婚したのか幼い子どもを二人連れて最近同居したことが分かった。その家からはときどき叫《さけ》び声がきこえる。家族同士で争っているらしい、と隣家の人は答えた。息子というのは基重のことらしいが、別のところに住居があるのか、たまにやってきている。酒好きで、酔って家を間違え、他人の家へ上がり込んだこともあるという話もきいた。

美代子は、酒に酔って大きい声を出したり、歌をうたう人が好きでなかった。

近所の家で小金井家の評判をきくと、彼とのお付合いは破綻《はたん》を招きそうだと判断して、以後、会うことはできないと書いた手紙を送った。彼からは返事の手紙も電話もこなかった。

「賢明な径《みち》を選んだのですね」

美代子は小さくうなずいたが、顔を曇《くも》らせて、合わせた手を唇にあてた。

彼女は思い付いたというように、さくらんぼの絵の付いた布のバッグから白い表紙の本を取り出した。それは小金井基重の写真集で「上高地《かみこうち》の四季」とタイトルが付いていて、八十ページ。手にとると重かった。春、夏、秋、冬の上高地の樹間や、池や、梓川《あずさがわ》や、山麓《さんろく》から仰《あお》ぐ穂高《ほたか》を撮っていた。茶屋は全ページを開いた。美しい写真がいくつもあったが、なかでも目を惹《ひ》かれたのは、「枯木のある焼岳《やけだけ》」と「星月夜の梓川」だった。凍った川の岸辺のカラマツが寒さに震えていて、見る側の目に刺さって痛かった。

表紙の裏にはサインがあった。サインペンで書いたらしく、黒い文字は太めだ。達筆である。茶屋はそのサインを撮影した。

事務所にもどった茶屋はバッグからカメラを取り出して、滝田美代子の住所と氏名で桐谷沙希に宛てた封書の文字と、小金井基重の写真集のサインを見比べた。双方とも達筆だ。手紙のほうは細いペンの字だ。万年筆を使っている人ではないだろうか。ものを書くのを職業にしているのでなくて、手紙などを書くときだけ万年筆を使うという人はいるはずだ。彼は一人の書家を思い付いた。七十歳ぐらいの太っているが背の低い丸顔の男だ。渋谷区松濤《しょうとう》の近くに住んでいて、筆で書く字を教えている。小学校へ出向いて生徒に筆字を教える日もあるときいたことがある。

「石山拓墨《いしやまたくぼく》という人を知っているか」

パソコンの前のサヨコと、炊事場でピンクのセーターの背中を見せているハルマキにきいた。

「知りません。なにをしている人ですか」

サヨコが茶屋のほうを向いた。

「知ってる。明治時代の詩人っていうか歌人っていうか」

ハルマキだ。

「それは、石川啄木《いしかわたくぼく》でしょ」

サヨコだ。

茶屋は、石山拓墨を訪ねてみるといって、カメラをバッグにしまった。サヨコとハルマキは顔を見合わせ、なにもいわなかった。

松濤は高級住宅街だ。ｂｕｎｋａｍｕｒａの角を右折するとすぐに構えの立派な住宅が見えはじめた。その横を通って、変則的な三叉路《さんさろ》を左折した。黒ずんだ古い塀の家の門には「石山」と黒い太字の表札が出ている。

茶屋はインターホンのボタンを押した。男の声が返ってきた。「石山先生はご在宅でしょうか」と呼び掛けると、「私だ」と、しわがれ声が応えた。

茶屋が石山拓墨と会うのは一年ぶりぐらいだ。三、四年前に渋谷区内の会場で墨《すみ》で描いた絵の展覧会を見にいって石山と知り合った。石山は、河原に枝を広げている老木が葉を散らしているさまを墨で描いていた。茶屋は「霧氷」とタイトルの付いた白と黒だけの絵に惹き付けられていた。背後から声が掛かった。石山拓墨だった。以来、石山と茶屋は何度も酒を酌《く》み合っている。

「きょうは先生に見ていただきたいものがありますので」

石山は茶屋を座敷へ通した。

「私に見せたいものとは……」

石山は早速きいた。

茶屋はコンパクトカメラを出した。桐谷沙希の手紙の文字と、写真家の小金井基重が自分の写真集に「滝田美代子様」と書いた文字の写真を見せて、同一人の字か、別人の字かをきいた。

「達筆ですね」

石山はカメラのモニターをにらんだ。

「いずれもうまい字だが、別人です。似ているように見えるが、様という字にクセが出ている」

「手紙の差出人は女性の字でしょうか」

「女性だと思います。茶屋さんは、手紙の中身を見ていますか」

茶屋は、警察で見たと答えた。人を脅迫するような文章だったが、それは話さなかった。

3

朝方、小雨《こさめ》が降った。雨はやんだが空気は冷たい。茶屋は午前十時に事務所に入った。

ソファではミカンの皮のような色の上着の人がコーヒーを飲んでいた。

「遅いじゃないですか」

牧村はすわったままいった。

「あんたはヒマなのか」

茶屋はコートを脱いだ。

「ヒマだからここへきているんじゃありません。次回に連載していただく川シリーズの川をどこにするかを、早く決めたい。先生は決めていますか」

「神奈川県の相模川にしたい。……それから鎌倉市の川」

「鎌倉市には大きな川はないと思いますが」

「あんたは知らないだろうが、鎌倉市内には、細い川、短い川が縦横に流れている。川シリーズは長大な川にかぎる必要はない」

「鎌倉か。私が鎌倉で知ってるところは、銭洗弁天と鶴岡八幡宮《はちまんぐう》と鎌倉大仏ぐらいのものです」

「鎌倉五山は」

「知らない。お寺ですね」

「建長寺、円覚寺、寿福寺、浄智寺、浄妙寺だ。編集長なのだから、それぐらいは知っておいたほうがいい」

茶屋のいったことをメモするのではと思ったが、牧村はハルマキにコーヒーのお代わりを頼んで、京都五山なら知っているといった。

「ほう。意外だな。いってみてくれ」

「天竜《てんりゅう》、相国《しょうこく》、建仁《けんにん》、東福《とうふく》、万寿《まんじゅ》」

サヨコがパソコンの前で手を叩《たた》いた。

「鎌倉の歴史を物語るような名の川とは、たとえば」

牧村がきいた。

「太刀洗川《たちあらいがわ》、東御門川《ひがしみかどがわ》、西御門川《にしみかどがわ》。それから、極楽寺川《ごくらくじがわ》、あ、豆腐川《とうふがわ》」

「先生は、人の役に立ちそうにないことを知っているんですね。どこで覚えたんですか」

「地図だ。人は生きるために水を必要とする。川を見て、寺社の建設を思い立ったところもあったはずだ」

「鎌倉で思い出したことがあります。鎌倉駅東口に小町《こまち》通りという繁華街があって、店の名は忘れましたけど、それまで食べたことがなかったほど旨《うま》いそば屋がありました。その店で食べた天ぷらも、絶品でした。天ぷらとそばを食べてから、鶴岡八幡宮をお参りしました」

「だれといったんだ」

「やぼなことはきかない。……ひるはそばと天ぷらでしたが、夜は西口の鎌倉三大洋館に挙げられる、築百年以上の、なんとか邸というレストランで……」

「それは、古我邸《こがてい》のことだろ」

「おや、茶屋先生はご存じでしたか」

「一度、食事をしたことがある。フレンチだった」

デスクの電話が鳴った。応答したハルマキが受話器を持って、「滝田さんという方からです」といった。下呂の滝田美代子だろう。

彼女は、「先日は」といってから、

「わたしの住所を知っている人たちを、もう一人思い出しました。その人をわたしは忘れていました。うかつでした」

茶屋は、どういう人かをきいた。

「松代医院に一年ばかり勤めて、一昨年辞めた看護師です。福知菜々《ふくちなな》という名で、現在三十四歳のはずです」

美代子はその看護師を思い出したので、医院に残っている記録を調べたという。

「その人は、高山市の病院に勤めていたことがありました。そこを辞めて松代医院に就職して、約二年間勤めました。器量のいい人で、仕事をてきぱきとこなすし、患者さんの対応にもソツのない人でしたけど、松代先生には気に入られなかったんです」

「どうしてですか」

茶屋は、デスクの上を転がって床に落ちたペンを拾った。

「喫煙習慣があったんです。勤務中は吸いませんでしたけど、口に臭《にお》いが残っていて、それが先生に知られ、『タバコだけはやめなさい』と、再三いわれていました。それでも、やめられなかったようです。……医院が借りているアパートに入っていましたけど、夜はお酒を飲んでいました。ウイスキーです。わたしは夜、彼女の部屋へ何度も寄りましたが、仕事が終わってアパートへ帰ると、すぐにタバコをくわえて、ウイスキーをグラスに注《つ》ぐんです。チーズかピーナッツを少し食べながら、ウイスキーを飲んでいるうちに、眠たくなって、寝込んでしまうんです。夕ご飯を食べない日が多いので、瘦《や》せていました。……先生は、意思が弱いといって、何度か説教していたようですけど、タバコの臭いは患者さんにも知られるといって、タバコをやめられないのならといって、クビにしたんです。……彼女は、岐阜か名古屋へいって働くといっていました。……両手に荷物を持って列車に乗る彼女を、わたしは下呂駅で見送りました。彼女は赤い目をして、窓から手を振っていました」

茶屋は、福知菜々の名をメモした。

「福知という人は、どこへいきましたか」

「分かりません。電話も手紙もよこしませんでした」

「滝田さんは、福知さんの文字を見たことがありますか」

「あります。何度も。先生の診察の前に患者さんから体調などをきくことにしています。患者さんの答えたことをノートに記入して、それを先生に渡していますので、彼女の字は何度となく見ていました。彼女は男性的な大きい字を書く人で、やや乱暴な感じの字です。自信はありませんが、問題の手紙の字とは似ていないと思います」

茶屋はサヨコに藤本弁護士事務所への連絡をいいつけた。下呂市に住んでいたことがある福知菜々の住所の異動を調べてもらうことを依頼した。

応接セットのテーブルで白いカップが残っていた。茶屋が電話に応じているあいだに、牧村は出ていったようだ。

弁護士事務所からの回答は意外だった。岐阜か名古屋へいっていると思われていた福知菜々の現住所は横浜市戸塚《とつか》区だった。三十四歳の彼女は独身。横浜でも病院か医院に勤めているのだろうか。茶屋はすぐにでも彼女の現状を知りたかった。桐谷沙希宛ての手紙の文字は福知菜々の字ではないというが、彼女がだれかに書かせたということも考えられる。手紙に書かれている文句は恨みである。滝田美代子は菜々に恨みをかっているはずはないと思い込んでいるようだが、そうとはいいきれない。なぜなら、菜々は松代医師から、喫煙を禁じられ、非難もされていた。心に傷付くことを何度かいわれていたかもしれない。美代子は逆で、医師に好意を持たれ、優遇もされていた。表面は仲良しにみえていたが、内心では美代子を憎んでいた。いつか忘れたころに仕返しの脅《おど》しでもと考えた。菜々は桐谷沙希となにかで知り合った。沙希は俳優の高浜敬三と親密であることも知った。羨《うらや》ましさが募《つの》ると、意地悪をしたくなった――

「横浜へいってくる」

茶屋はバッグにノートとカメラを入れた。

「急に、横浜とは」

ハルマキだ。

「福知菜々という人に会いにいくの」

サヨコがパソコンの前でうなずいた。

「そう。思い付いたことはすぐにやる。桐谷沙希の消息を知るためだ。一刻も早く彼女に近づかないと」

茶屋は電車に乗った。牧村との打ち合わせをするはずだったのを忘れた。福知菜々という女性に早く会ってみたくなった。下呂の滝田美代子の話だと、医院の勤務を終えて住まいへもどると、くわえタバコでグラスにウイスキーを注ぐ。まるで主食のように酒を飲んで、寝床に倒れていたという。

4

電車を戸塚で降りた。駅前は商店街のようだ。茶屋は初めてきたところだ。駅の前に大きい地図が立っていた。自転車の警官を見たので、地図の前でノートを見て福知菜々の住所をきいた。徒歩約十分、大学の東側にあたる一画だと教えられた。

彼女の住所は古い五階建てマンションの三階だ。どこのマンションも同じで、一階の入口近くに集合ポストがあった。彼女が住んでいるはずの三〇三号室には表札は出ていなかった。

茶屋は、人目のないのをたしかめてから、三〇三号室のポストをのぞいた。広告が何枚か投げ込まれているだけだ。ポストのなかの広告は、相手かまわず投げ込んでいるにちがいない。その作業をしている人は、広告をろくに読まずに捨てられるのを承知しているのだろうか。

彼は三階へ上がった。彼女が医療機関に勤めているのなら、いまは不在だろうと思いながら、インターホンのボタンを押した。

意外にも女性の声が、「はい」と応えた。

茶屋は、「福知菜々さんですか」ときいた。

「福知です」

女性にしては少し太い声が返ってきた。

茶屋は名乗った。雑誌などにものを書いている者だといった。すると女性はくぐもった声でなにかいっていたが、ドアチェーンをはずす音をさせ、ドアを十センチばかり開けた。訪問者の風采《ふうさい》をうかがっていた。

「茶屋次郎さんて、週刊誌に……」

「はい。その茶屋です」

「なんのご用かしら」

彼女はそういいながら、ドアを広く開けた。

「あら、大きい方なんですね」

彼女は彼の顔を見上げた。だが警戒する瞳《ひとみ》は左右に動いていた。

「以前、下呂の医院に勤めていらっしゃった福知さんですね」

「わたしが、下呂にいたことを知っている」

彼女はつぶやいて、茶屋をたたきに入れた。踵《かかと》の高い黒い靴の片方が倒れていた。彼女はせまい廊下に素足で立っていた。茶屋がたたきに入ると彼女は一歩退いた。長袖のだぶだぶのシャツ姿だ。

「きょうは、お休みですか」

「いいえ。夕方、出掛けるんです」

彼女の唇はやや薄い。ほとんど化粧けのない蒼白《あおじろ》い顔に、長い髪が垂れている。身長は一六〇センチぐらいで痩せている。

「いまも、医療機関にお勤めでは」

茶屋がきくと、彼女は首を横に振って夜の仕事をしているのだといった。

「夜のお仕事というと、酒場にでも」

「そう。横浜の繁華街の飲み屋で……」

彼女はそういうと、くるりと背中を向け、部屋の奥から鞍掛《くらかけ》を両手で持って出てきた。タバコをくわえていた。胸のポケットから小銭入れのような灰皿を取り出して、鞍掛に腰掛けた。まるで、なんでもきいて、といっているようだ。

「私は、下呂へいって、松代医院に勤めている滝田美代子さんに会って、あなたのことをうかがいました」

「そうですか。それで、なにをききにおいでになったんです」

「あなたが、滝田美代子さんの名を騙《かた》って、東京世田谷区の桐谷沙希さんに手紙を送ったのではないかと思いまして」

「えっ。どうしてわたしが、そんなことを」

「理由は不明です。だがあなたは滝田さんの住所を知っていた」

「知っていました。ですけど、わたしは、他人の名を使って、手紙なんか」

菜々は小さな灰皿にタバコを押し込むと、シャツのポケットからタバコを出し、緑色のライターで火を点《つ》けた。だれにどういわれても、タバコをやめられないようだ。

「失礼なお願いですが、ここにお名前を書いていただきたい」

茶屋はそういって、ポケットノートとペンを彼女に渡した。

彼女は茶屋の顔を見ながら、ノートとペンを受け取ると、

「これに名前を書くと、とんでもないことが起きるんじゃないでしょうね」

「いいえ。ただ、どんな字をお書きになるのかを知りたいだけです」

「どんな字……。筆跡を知りたいということですね」

呑《の》み込みのいい人だ。茶屋は謝罪するように顎を引いた。

「名前だけでいいのね」

菜々は、ノートにペンをはしらせた。文字を書き馴《な》れているように素早く氏名だけを書いた。右肩上がりのやや乱暴な文字だ。

茶屋は礼をいって、ノートをバッグに収めた。余計なことだと思ったが、なぜ折角の知識と経験を活《い》かさない仕事をしているのかときいた。

「駄目なんです。わたしは子どものときから、規則を守れないだらしのない生き方をしてきたので」

彼女は煙のからまった歯を見せた。吐いた白い煙は壁を這《は》いのぼっている。

「茶屋さんは、わたしの筆跡を確かめるために、わたしの居どころを調べたんですか」

「そうです。滝田美代子さんの名で、桐谷沙希さんに宛てた手紙の内容は、重要なので、滝田さんの住所を知っている人をさがしていたんです」

「わたしは、住民登録をしているので、ここが分かったのでしょうけど、普通の人は、他人の住所の移動を、役所で調べることはできないはずです。茶屋さんには弁護士の資格でも」

彼女は煙を吐きながらキツい目をした。

「私は調べる方法を知っているので、その方法で」

彼女は、

「わたしは逃げ隠れしているわけではないので、どこへ引っ越しても」

と、眉間《みけん》に深い皺《しわ》を立てた。

茶屋は姿勢を正すと、鞍掛に腰掛けたままの福知菜々に頭を下げた。そして、なにか思い出したことがあったら、といって電話番号を教えた。

菜々はスマホに茶屋の電話番号を入れると、部屋の奥へ引っ込んで、名刺を持ってきた。それには太い字で「クラブ・オスカー」と刷ってあった。その店に本名で勤めていることが分かった。


事務所にもどった。デスクの上に黒い大きな太い字が、「ニュースをみて」と躍《おど》っていた。テレビのニュース番組にチャネルを合わせた。

「茅ヶ崎市の相模湾河口に近いリバーポートマリーナの左岸で、肉色のショーツを着けているだけの女性が仔猫《こねこ》の死骸《しがい》とともに浮いているのを、川岸を歩いていた人が見つけて、警察に通報した。収容した女性は死亡していて、死後二日以上経っていることが分かった。その女性は二十代後半。身長一六二、三センチで痩せている。死因などの検査のため、遺体を横浜市内の大学医学部へ搬送《はんそう》した」

このニュースに接したサヨコかハルマキは、相模川で遺体で発見されたのは、十一月七日から行方不明になっている桐谷沙希ではと気付いたのだろう。

彼女は、都内世田谷区に一人で住んでいたが、家族は鎌倉市の円覚寺近くに暮らしている。家族は母と妹だけだ。その二人は相模川で発見された遺体のニュースをみて、もしかしたら沙希ではないかと気付いているだろう。遺体は全裸に近い姿で発見された。外出先で行方不明になったのだから事件性が考えられている。

沙希の母と妹は、ニュースをみて、警察に身内ではないかと通報しただろう。

高浜敬三が茶屋に電話をよこした。ニュースをみて、遺体の体格などから沙希のような気がすると、心細げな話しかたをした。

「遺体は発見されたとき、身元不明だったはずです。こういう場合、知人として、警察に連絡すべきでしょうか」

高浜は茶屋に意見を求めた。

「あなたは職業柄、名乗り出たくはないでしょうが、あとで関係が知られた場合、卑怯《ひきょう》だとか臆病だといわれそうです。いままで沙希さんとの間柄は内密にしていたのでしょうが、今回の場合は、捜査に協力する意味からも、警察に話したほうがいいでしょう。……沙希さんは自殺は考えられない。殺人事件の可能性が濃いと思います」

茶屋がいうと、高浜は一分ばかり黙っていたが、これから茅ヶ崎の警察署へいくといった。

茶屋は、相模川で発見された遺体が桐谷沙希だったなら、どういうことが考えられるかと首をひねった。彼女の職業はイラストレーターだった。生命の危険に晒《さら》されるような仕事ではない。第一に考えられるのは個人的な恨みだろう。彼女は俳優の高浜敬三の寵愛《ちょうあい》を受けていた。これを妬む人がいたのではないか。たとえば高浜から邪魔になったとして、棄てられた女性——


次の朝、茶屋は車で茅ヶ崎署へいった。署の入口前に立っていた若い警官に、昨日、相模川で遺体で発見された女性について話したいことがあるが、どの部署を訪ねればいいかをきいた。

「あなたのお名前は」

若い警官は帽子をかぶり直すような手つきをした。

「茶屋次郎。渋谷区に事務所があって、そこでものを書いている」

「書いているのは、絵ですか、それも筆で字を」

警官は手を動かした。

「読みものを雑誌に」

「どんな読みものをですか」

「各地方を流れている代表的な川は、上流から海へ向かって……。私はそんなことを説明しているひまはない。事件に関することを担当者と話し合いたいんだ」

「事件に関することとは……」

「きのう、相模川で遺体で発見された女性に関すること」

茶屋は、小柄の警官の顔をにらみつけた。

警官は茶屋の先に立って、相談室の札の出ている部屋へ案内した。
五、六分経つと尾花《おばな》という五十がらみの扁平《へんぺい》な顔の男性刑事が、三十代の刑事を連れて入ってきた。
茶屋は二人の刑事にも職業を話した。

「ほう。有名週刊誌に物語りを連載なさっている。私は不勉強なので、あなたのお名前を知らなかった」

茶屋の名刺を見ながら尾花はいった。

「昨晩、高浜敬三さんから、相模川で発見されたホトケさんについて、お話をおききになったと思いますけど」

茶屋がいうと、尾花は左手の掌《てのひら》を向けて、

「高浜敬三さんとは」

ときいた。

「俳優の高浜さんです。昨夜、こちらを訪ねているでしょ」

「いいえ。そういう方は、きていませんが」

「きていない……」

茶屋は首を曲げた。きのうの夕方、高浜は茶屋に電話をよこした。相模川で発見された遺体は桐谷沙希ではないかと思われるといってから、所轄署でそれを確かめ、沙希であることが分かったら、自分との間柄などを話すつもりだといって、電話を切った。高浜は、てっきり茅ヶ崎署を訪ね、関係者に、沙希について知っていることを話したものと思っていたが、彼は、ここを訪ねていなかった。気が変わったのか、沙希が遭《あ》ったと思われる事件に触れることを避けたくなったのか。

茶屋は、遺体の身元は分かったのかを尋ねた。

「きのうの夕方、身内の方がホトケさんと対面したし、必要な検査をして、桐谷沙希さんだと判明しました」

「死因は」

茶屋がきいた。

「溺死《できし》です。下着のパンツしか身に着けていないというのは、不自然だった。寒い時期ですのでセーターなんかを着ていたと思う。自ら川へ飛び込んだことも考えられなくはないが、素っ裸に近い状態だから、何者かに着衣を脱がされて、川へ放り込まれたのではとみています」

「外傷はないのですね」

「あなたは、河川での死者を見たことがないのですね」

「ありません」

茶屋は眉間をせまくした。

「川流れというのは、岸辺の石や川のなかの岩なんかにぶつかったり、渦《うず》に巻き込まれたりするので、いくつもの疵《きず》を負っている。桐谷さんの場合も同じです。しかし、刃物で切られたり、強く殴られたりしたような疵はない。それと、川へ落とされてまる二日は経っている。その経過から茅ヶ崎より上流の寒川町《さむかわまち》あたりで、被害に遭ったものとみています」

茶屋は、ポケットノートにメモした。二人の警官は冷たい目を彼に向けている。

「高浜さんは、ここへくるはずだったとあなたはいったが」

尾花は茶屋のほうへ首を伸ばした。

「高浜さんは、桐谷沙希さんとお付合いをしていたんです。十一月七日の午後、西新宿のホテルのラウンジで会う約束をしていたが、彼女はあらわれなかった。それで高浜さんは彼女に電話した。すると彼女の電話は電源が切られた状態だった。次の日も同じで、彼女は行方不明になったことが分かったんです」

「十一月七日から……」

　二人の刑事はペンを動かした。

「親しい間柄だった女性と思われる遺体が発見された。ニュースでそれを知ったら、すぐに確認にきそうなものだが……」

　尾花はいいながらペンを左右に振った。

　茶屋も高浜に不審を抱いた。高浜には、警察に近づきたくない事情でもあるのではないか。

5

　昨夕の高浜敬三は、いったんは茅ヶ崎署へいくつもりだったのだろうが、警察は善意の関係者に対しても、被害者との間柄だけでなく、知り合ったきっかけや、被害者の生活をどの程度知っていたかなどをきく。彼にはきかれたくない過去があるのを思い出し、それで訪ねるのをやめたのではないか。


　茶屋は牧村に電話した。

「今夜はお付合いできませんよ」

　牧村は会社にいるらしい。

「今夜、飲みにいこうっていうんじゃない。ちょっと気になることがあるんだ」

「どんなこと。早くいってください」

「私はきのう、茅ヶ崎署へいった」

「なにしに茅ヶ崎へいったんですか」

　牧村はきのう、ニュースを観たりきいたりしていないらしい。

「高浜さんがお付合いしていた桐谷沙希さんは、十一月七日から行方不明になっていたが、きのうの午後、茅ヶ崎の相模川で、不幸な姿になって……」

「土佐衛門《どざえもん》ですか」

「裸にされていたらしい」

「夏でもないのに」

「たぶん服を脱がされて、川へ突き落とされたんだろう」

「裸の遺体を見て、だれが桐谷さんだったのかを確認したんですか」

「鎌倉に住んでいる、沙希さんのお母さんと妹さんだ」

「知らなかった。……じつはうちの社の社長が十日ほど前に倒れて、入院中なんです。もしものことがあったら、人事は大きく動く。……私はきのう、病院へ社長を見舞ってから、会社で何人かと話し合いをしていたので」

「それは心配だね。……ところで高浜さんだが」

茶屋は、昨夕、高浜は電話をよこして、相模川で発見された遺体が桐谷沙希だと判明したので、親しかった者としては、死因捜査に協力する必要を感じた。それで、茅ヶ崎署へいくと電話でいった。ところが彼は、茅ヶ崎署へいっていなかった。彼は警察へいけば沙希に関することだけでなく、たとえば過去についてもきかれそうだと思い直し、出頭を取りやめたような気がする。警察できかれたくない過去でもあるのか、と茶屋は牧村にきいた。

「ないことはないが……」

牧村はそういって、口を噤《つぐ》んだ。

「事件でも起こしているのか」

「事件、っていうか事故っていうか。あとでゆっくり話します」

牧村は電話を切った。

脛《すね》に傷を持つ人は数えきれないほど世間にはいるだろうが、高浜敬三は人気商売の俳優だ。仕事の上では犯人を演《や》ることもあるし、犯罪を追及する捜査員になることもある。だが本人は品行方正でなくてはならない。

高浜には離婚歴があるのを茶屋も知っている。その原因は高浜の女性問題らしい。特別珍しいことではないが、世間に知られたくない秘密でもふくんでいるのか。

「ずっと前だけど、高浜さんに関する記事を週刊誌で読んだことがあるの」

サヨコが椅子《いす》を茶屋のほうへ向けた。

「記事の内容を憶えているか」

「高浜さんがある女性、たしかモデルだったたと思う。そのモデルと親しい仲になってるのを知った二十歳か二十一歳の女性が、高浜さんを、彼の自宅の近くで刃物で刺そうとした。高浜さんは怪我《けが》をしなかったけど、目撃者がいて、その人が一一〇番通報した。刃物を持った女性は逮捕された」

「殺人未遂だな」

夕方近く、牧村がドアにノックをせずに事務所へ入ってきた。きょうの彼は柿のような色のジャケットを着ている。

「いまも病院へ寄ってきたんです。社長は眠っていたけど、ほとんどものを食べないからか、痩せて、顔色がよくなかった」

「社長に、もしものことがあったら、あんたは会社を辞めなくちゃならないのか」

「会社は辞めませんが、週刊誌からべつの部署に異動させられる可能性が」

「部署によっては、会社の金で飲み食いできなくなるかもね。そうなると、歌舞伎町《かぶきちょう》の、細い腰と長い足をしたおねえさんがいるクラブへは、ちょくちょくいけなくなる」

「それより、気に入らない上司がいる部署へ。嫌だな。憂鬱《ゆううつ》だな。茶屋先生は、私が女性サンデーから異動しないよう、尽力してください」

「私には、衆殿社の人事にものをいうような力はないよ」

「いいえ。女性サンデーの発行部数を支えているのは、茶屋次郎先生です。先生の一声で、私はいまの地位にとどまっていられるんです。牧村が編集長でなくなったら、川シリーズはもう書かないとでもいってくだされば」

牧村は、べそをかくような顔をした。

「ところで高浜さんだが、刃物を持った若い女性に襲われそうになったことがあったらしいが」

茶屋がきいた。

「ありました。二年ぐらい前です。その事件も離婚原因のひとつだったようです。女性サンデーでも、高浜さんが襲われそうになった事件を載せました」

「高浜さんは、二十歳か二十一歳の女性と付合いながら、モデルともいい仲になっていたんだね」

「モデルとは、事件の数か月前からときどき会う仲になっていたんです。ところが、高浜さんが刺されそうになった事件のあと、モデルの女性は行方不明になりました」

「行方不明。……どこかからいなくなったの」

「モデルが中野《なかの》区上高田《かみたかだ》の自宅マンションを出ていくのを複数の人が見ているらしいが、その後、どこへどう消えたのか、謎なんです」

茶屋もモデルが失踪した事件の記事を週刊誌で読んだ記憶はあるが、その女性が高浜敬三と親密な仲だったのは知らなかった。

「高浜さんとそのモデルが、親密な仲だったかは不明です。一緒にお茶を飲む程度の間柄だったのではという説もあるんです」

「あんたは高浜さんと親しいのだから、モデルとの仲がどうだったかをきいていたんじゃないの」

「ききました。高浜さんは、好意を持ってはいるが、親密とはいえないといっていました」

「そのモデルの名前を思い出せないが……」

茶屋は首をかしげた。

「秋吉《あきよし》純《じゅん》。本名は秋吉さなえ。行方不明になったときたしか二十六歳だったと思います。身長一七〇センチで、肌は透きとおるように白くて、切れ長の目をしていて、薄く染めた髪は長めでした」

牧村のいうことをきいていたサヨコは、パソコン画面に秋吉純を呼び出した。

「和服が似合いそうな美人だね」

茶屋は画面をじっと見て、白いドレスを着て微笑《ほほえ》んでいるモデルの顔を頭に焼き付けた。

彼女が行方不明になった当時の住所は、中野区上高田のダイヤモンズマンション。独り暮らしだった。彼女が所属していた事務所は、約束の日時に指定した場所へあらわれないので、ケータイに電話した。ところが電話は通じなかった。

秋吉純がマンションを出た時刻と、高浜敬三が杉《すぎ》並《なみ》区高円寺《こうえんじ》北の自宅を出たのはほぼ同じ時刻で、二人は渋谷区のセルリマークタワーのレストランで落ち合う約束をしていた。ところが高浜は自宅を出て数十メートルのところで、若い女性に刃物を持って襲われそうになった。当然だが、彼を刃物で刺そうとした女性も、被害に遭いそうになった高浜も、警察へ連れていかれた。それで高浜は、会う約束だった秋吉純に、「不慮の事故に遭ってしまったので」と電話した。そのときは彼女の電話は正常だったらしい。

秋吉純が行方不明になったのは、その翌々日。彼女の所属事務所が警察に、「約束の時間にあらわれないし、電話も通じない」と通報した。そこで所轄の野方《のがた》署員はマンションの家主と話し合って、彼女が住んでいた部屋を調べた。部屋の壁にはドレスなどがいくつか吊り下がっていたし、ベッドにはパジャマが脱ぎ捨てられていて、行方不明になることを暗示するようなものは見つからなかった。電話も通じないことから警察は、事件に巻き込まれた可能性があると判断した。その日に彼女を訪ねた人がいたかについても聞き込みをしたが、そういう人を見たという人はいなかった。郵便受けを見たが、入っているのは投げ込み広告だけだった。

秋吉純の出身地は、長野県の伊那《いな》。警察は実家へも彼女の行方不明を伝えた。父親は伊那市内の工務店に勤めている建築技術者。母親は市内の学校の給食係。妹が一人いて、去年の十一月に、山梨県勝沼《かつぬま》のブドウ農家へ嫁入りした。

野方署は長野県警伊那署に、秋吉さなえの行方不明を伝えた。伊那署員は、さなえの両親に会った。さなえからは月に一度ぐらいのわりで電話がある。

最近は仕事が忙しいのでといって、一年あまり帰省していないということだった。

さなえは、伊那市の高校を卒業すると、東京の服飾学院へ進んだ。在学中にスタイルの良さが評判になり、学院のファッションショーでモデルをつとめているうち、服飾業界からモデルにという声が掛かるようになり、学院を卒業してプロになった。毎月発行されるファッション雑誌の新商品紹介に、彼女の写真はかならず載るようになった。

「高浜さんは、秋吉純さんの行方不明の原因について、警察から事情をきかれなかったのか」

茶屋は、牧村の顔を見ながらいった。

「高浜さんが彼女に好意を持っていたことや、何度か会っていたことは、警察には知られていなかったらしい。なので、彼は警察に、彼女の行方不明を連絡していなかったようです」

「彼女の所属事務所は、彼女が高浜さんと何度か会っていたのを、つかんでいなかったんだね」


秋吉純は、高浜敬三から好意を持たれているのを感じとっていただろうが、そのことを人には話していなかったらしいという。

三章　軋《きし》む

1

二年前。モデルの秋吉純が外出先から行方不明になった。それは高浜敬三と会う約束を電話でしていた日だった。彼女と会うことにしていた日、高浜は杉並区高円寺北の自宅を出た。とその直後、彼の外出を張り込んでいたらしい女性がいた。

「その女の名は小杉直美《こすぎなおみ》で二十一歳」

牧村はポケットノートを開いていった。

小杉直美はナイフを持っていた。高浜に体当たりでもするようにして胸か腹を刺すつもりだった。高浜は突進してきた彼女に気付いて身をかわした。その彼女と彼を、通行人が見ていて、一一〇番通報した。彼女はパトカーの警官に、手にしていたナイフを取り上げられたうえ、警察署へ連れていかれた。高浜は、パトカーを追いかけてきた車に乗せられて、所轄の杉並署へ連れていかれた。若い女性に襲われる原因の心あたりをきかれたにちがいなかった。

「二年前というと、高浜さんは四十一歳。小杉直美という女性とは、親しくしていたのか」

茶屋はペンを持って牧村にきいた。

「いや、ファンというだけで、一緒にお茶を飲んだこともなかったらしい」

「それは事実だったの」

「小杉直美のほうもそれを認めていたらしい。彼女は、映画やテレビドラマを観《み》ているうちに、高浜敬三を好きになった。ファンの域をこえて映像の彼に恋をしたんだろうね。……ところが直美という女性は『週刊八方』の鬼頭久一《きとうきゅういち》記者の書いた『スキャンダラスな役者』を読んだ。高浜さんの女性問題を辛口な筆致で書いた文章だ。それを読んだ小杉直美の頭に火が点《つ》いた。映像の高浜敬三を嫌いになっただけでなく、憎くなったらしい。極端ないい方をすれば、生かしておけない男と思い込み、消してしまいたくなったらしい」

「小杉直美には、家族は」

「父親は公務員、母親はスーパーマーケットの店員で、三歳ちがいの弟がいた。弟は長身の一八〇センチあまりで体重は九〇キロ以上。大学へ進んだら相撲《すもう》部へ入ることにしていたらしい。その弟がドンブリで何杯も飯を食う以外には、特別な事情のある家庭ではなかったようです」

「直美は学生だったの」

「いや。高校を卒業して、板橋《いたばし》区内の建設会社に勤めていた」

「事務員か」

「現場作業員だった。身長は一七〇センチ近くで、ひょろっとしたからだつきだが、釘袋《くぎぶくろ》を腰に付けて、男と同じように柱や建具を担《かつ》いだり、屋根に昇《のぼ》っていた。作業中にときどき大きい声で歌をうたう癖《くせ》があったそうです」

「天真爛漫《てんしんらんまん》な感じなのに、ナイフを握ったとは……」

「高浜さんが演じる刑事や探偵に憧《あこが》れていたんでしょうね」

茶屋は、小杉直美がどんな顔立ちなのかを見たくなった。

「モデルの秋吉純は、高浜さんが襲われそうになった二日後から行方不明だというが、現在も所在が分かっていないの」

「そうらしい。中野区上高田のマンションにもどった形跡はないらしい」

茶屋はノートのメモを読み直した。

高浜は、小杉直美に襲われそうになった日、渋谷のレストランで秋吉純と会うことにしていた。ところが不慮の事件に遭遇したために約束のレストランへいくことができなくなった。彼は不慮の出来事を純に伝え、あらためて別の日に会うことにしたのではないか。

「週刊八方のキドキュウ。あ、鬼頭さんのこと。キドキュウは高浜さんは不慮の出来事の二日後に、純と会ったんじゃないかっていっている」

牧村がいった。

「秋吉純と会った……。会ったとしたら、純の行方不明の原因を、高浜さんは知っているんじゃないか」

茶屋はノートのメモを見ながらいった。

「キドキュウも同じことをいっている」

牧村はそういったが、社長の容態《ようだい》が気になるので、病院へいくといって立ち上がった。彼が社長を見舞ったところで、病状が快方に向かうとは思えないが、彼の頭からは社長の容態がはなれないのだろう。牧村は、サヨコとハルマキに手を振って事務所を出ていった。

ファッションモデルの秋吉純の失踪は、テレビでも新聞でも週刊誌でも報じられた。それから二年が経《た》った。多くの人は、人気モデルが行方不明のままなのをすでに忘れているだろう。

茶屋は、鬼頭記者に電話した。

「やあ、しばらくです。茶屋先生は、いまも女性サンデーの川シリーズの取材をつづけておいでですか」

鬼頭は大きい声だ。周りには人がいないのか。茶屋は会いたい、といった。

「私はいま、鎌倉にいます」

「鎌倉でなにかの取材なんですね」

「ええ。ある情報が耳に入ったので」

「私は、俳優の高浜敬三氏に興味を持ちはじめました。その件で、鬼頭さんとお話をしたくなったんです」

茶屋の声も少し高くなった。

「私がいま鎌倉にいるのは、高浜さんに関係がありそうな情報が入ったからです」

東京へはいつもどるのかと茶屋がきくと、鬼頭は、情報を追いかけているので、二、三日は鎌倉かその周辺を歩くつもりだといった。

茶屋は、額《ひたい》に手をあてていたが、鎌倉へいくことにした。鎌倉に着いたら電話をすると鬼頭に伝えた。

鎌倉には、相模川で水死体で発見された桐谷沙希の母と妹が住んでいる。母と妹は、東京で独《ひと》り暮らしをしていた沙希の生活をいつも気にかけていたようだ。その沙希が冷たい風の吹く十一月半《なか》ばに裸の遺体になって、鎌倉を西に飛び越えた川で発見された。母と妹は、沙希がなぜそのような姿になっていたのか判断がまったくつかず、いまも悪夢を見ているような気持ちで過ごしているのだろう。

茶屋は車で鎌倉へ向かった。午後七時に本覚寺《ほんがくじ》が右に見えるところで、鬼頭記者に電話した。小町《こまち》という標識が目に入った。鬼頭にそれを伝えると、

「私はいま、妙法寺《みょうほうじ》の近くにいるので、十分ぐらいでそこへいきます」

といった。彼も車で走りまわっているようだ。

茶屋は車を降りて川をのぞいた。滑川《なめりかわ》という川だ。どこから流れ出した川なのか、市の中心街を南下して相模湾に注いでいるらしい。相模湾というと、少年のころ海水浴にきた由比《ゆい》ヶ浜《はま》や材木座《ざいもくざ》海岸を思い出した。

鬼頭は車のなかから茶屋を呼んだ。背も高いほうだが顔の大きい男で、精悍《せいかん》な感じだ。何年も前に歳《とし》をきいたが、茶屋と同年だった。いま四十三歳である。

「私は、鎌倉市役所のすぐ近くの二《に》ノ瀬《せ》ホテルに泊まっています。茶屋先生も、今夜はそこでどうですか」

茶屋は承知した。

「それでは」

と二人はいって、二ノ瀬ホテルの駐車場へ車を置くことにした。

鬼頭は、静かな店がいいだろうといって、七、八分歩いて「磯天神《いそてんじん》」という料理屋へ案内した。

「鬼頭さんは、鎌倉の地理に詳しそうですね」

「詳しくはありませんが、大学時代の友人が鎌倉に住んでいて、毎年、正月に、あちこちのお寺を案内してくれたんです。学生時代はおとなしい男でしたが、三十代半ばごろから大酒を飲むようになって、二年前に肝臓がんで亡くなりました」

「若いのに……。家族は」

「娘が二人います。奥さんは資産家の娘で、働かなくてもいいご身分ですが、夫が亡くなって半年ぐらい経って、鎌倉駅の北側に食器を売る店を開きました。私はきのうもその店へ顔を出しました。奥さんは、暇潰《ひまつぶ》しにやってるだけといってました」

茶屋と鬼頭は磯天神の奥座敷で向かい合った。すでに顔を赤くしている客が何人もいた。

茶屋と鬼頭はビールを一杯飲《や》ってから日本酒に切り替えた。イカとエビの刺し身をとった。

「先生は、岩豆腐《いわどうふ》を食べたことがありますか」

鬼頭がきいた。

「岩豆腐。ずっと西のほうで食べたような気がする」

「この店は、岩豆腐を徳島から仕入れているんです」

「じゃあ、それをもらおう」

茶屋は、鬼頭の盃《さかずき》に燗酒《かんざけ》を注《つ》いでから、高浜敬三の経歴をきいた。

「高浜敬三は本名で、長野県の下諏訪《しもすわ》町の出身です。父親は先代からの小規模の製材所を経営しています。彼は三男で、長兄が父の跡を継いでいます」

下諏訪は諏訪湖畔《すわこはん》の町だ。中山道《なかせんどう》沿いの緩《ゆる》い坂道に温泉宿が何軒か並んでいる。茶屋は三、四年前に諏訪湖と天竜川《てんりゅうがわ》を取材にいった折り、木造の古い旅館に一泊したことがあった。そこでその地方の言葉をひとつ憶《おぼ》えた。「疲れた」というのを「ごしたい」という。疲れて腰が痛むというのを縮めたのだろう。

「高浜は諏訪市の高校を出てから、諏訪市で映画を観るようになりました。父がやっている製材所の仕事をサボって、映画を観ていました。映画館は一軒しかないので、一か月間ぐらい同じ映画を何回か観ていたのだと思います」

ある日、諏訪湖畔と霧《きり》ケ峰《みね》を主な舞台にした映画の撮影が行われるのを耳にした。その映画の出演者とスタッフは、湖畔の宿に滞在することも知った。

彼は製材所の作業を忘れて、映画の撮影現場を見に行った。彼と同じように撮影現場を遠巻きにしている人は何人もいた。メガホンを手にして大きい声を出している人が監督だと知った。監督の指示にしたがって、遠くにいる人を呼んだり、走り寄ってきた女性を腕を広げて抱いているのは俳優だった。映画で観たことのある俳優がいた。彼は見物人の最前列に立って、監督と俳優のやりとりを憑《つ》かれたように見ていた。

湖畔と霧ケ峰での撮影は幾日《いくにち》にもおよんでいた。雨が降る日も、小雪がちらつく日もあった。霧ケ峰のこんもりとした山の上での撮影が終った夕方近く、監督が高浜に近づいてきて、「監督の大下輝彦《おおしたてるひこ》です」と名乗った。高浜は仰《の》け反《ぞ》るほど驚いた。話題作を撮ることで知られている有名監督だったからだ。

「あなたは、毎日、撮影を見にきていますね」

高浜は震えながら、「はい」と答えた。すると大下は、俳優になる気はないかときいた。高浜は答えられなかった。なんと返事をしたらよいのかをまばたきしながら迷っていた。

後日分かったことだが、大下は観客のなかで目を光らせて、監督の指示や、俳優の演技を見ていた高浜敬三をそれとなく観察していたのだった。後に高浜が知ったことだが、彼の、表情が無いような虚無的で冷たい、暗い熱のような目と顔を盗み見ていた。強《し》いていえば、若い高浜を主役にした映画を撮ってみたくなっていた。

監督に声を掛けられた次の日も、高浜は霧ケ峰へ登った。小雪が斜めに筋を引く寒い日で、それが信州での撮影の最終日であった。

撮影を見ていたのはほんの数人で、その人たちもいなくなった。雪で白くなった草原に残っていた見物人は高浜のみ。

監督は彼の前へきて、名刺をくれた。そして、「都合のいい日に、東京へ出てきてください。名刺にある番号へ電話してくれれば、私がどこにいるのかが分かります」というと監督は、二十二歳の高浜の手を握った。

高浜は何日かしてから、両親と兄夫婦に向かって、大下輝彦監督に声を掛けられたことを話した。「バカ野郎。冗談をいわれたことを本気にしているのか」兄はそういって口をゆがめた。その兄の顔を見て決心がついた。「おれ、東京へいってくる」父と兄夫婦は冷たい目をしていた。

夕飯のあと、母が台所へ高浜を招《よ》んだ。

「東京へいきたいんだろ。いってきな。監督さんに会って、よく話をきいて、どうするかを決めればいい」

母はそういって、製材所名が刷られている少し厚みのある封筒をくれた。それから、「おまえはまだ世間知らずだから、思いどおりにならなんだら、迷わずに、すぐにもどってきな」

といって、瞼《まぶた》に涙をためた。

高浜はその晩に上京の身支度《みじたく》をととのえ、翌朝、下諏訪駅で一番の電車に乗った。車窓から自宅と製材所の屋根が見えた。母が庭に立っていそうな気がした。

新宿に着くと、駅舎を出てデパートの入口で監督がくれた名刺の電話番号へ掛けた。すると女性が応じて、「きょうの大下監督は砧《きぬた》です」といわれた。それはなんのことなのか、土地のことなのか分からなかった。彼はデパートへ入った。案内の女性に、砧とは土地の名かときいた。女性はジーパンを穿《は》いてリュックを背負った彼を見て、「遠方からおいでになったのですか」と笑顔を向けた。彼は、下諏訪から出てきたことと、映画監督の大下輝彦を訪ねるつもりだと話した。

「砧は、撮影所のことだと思います」

彼女はそういって、小田急線の電車で成城学園《せいじょうがくえん》前《まえ》駅で降り、駅前交番で地理をきくといいと、ゆっくりした口調で教えてくれた。

彼は「東宝《とうほう》スタジオ」という大看板の撮影所へ着くことができた。同じような木造の建物のあいだを歩いていると、守衛につかまった。それから一時間後に、薄暗いスタジオ内で大下監督に会えた。

「あと二時間ばかりで、区切りがつくから、撮影を見ていなさい」といわれ、木の椅子《いす》をすすめられた。男の大きな声が飛び交《か》っていた。どうやら山小屋のなかの男女を撮っているようで、あたりが暗くなると、ドドンと大きな音がして閃光《せんこう》がはじけた。それは稲光りと雷鳴だった。

監督はその日の仕事を終えると、高浜を手招きして、成城学園前駅近くの小料理屋へ連れていった。

「酒はいけるのか」

監督がきいた。

「少しは」

「酒に溺《おぼ》れたり、賭事《かけごと》にはまるといい仕事ができなくなる。それから女だ。私は女性と問題を起こした俳優を何人か見てきている。知り合った女性に恵まれた人もなかにはいたが、この業界から消えていった人もいる」

監督は、映像の業界に入りたいかと高浜に酒を注ぎながらきいた。

高浜は、入れるものならと返事した。監督は高浜の人間を試すつもりか、しばらく撮影現場で自分の仕事を手伝ってくれ。現場に慣れたら、出演者として試してみるといった。その日は監督の自宅に泊まり、翌日、監督の助手とともに住むところをさがした。

それからの高浜は、大下監督の影になったようにそばをはなれなかった。俳優の用足しもしたし、女優から菓子などをもらうこともあった。

その間に、郷里の母には何度か電話して、いまの仕事をつづけられそうだと伝えた。

監督の助手をつとめて一年経った。カメラや音響や美術のスタッフとも顔見知りになった。

監督が映画を一本撮り上げた日の夜、高浜は一冊の小説本と台本を監督から渡された。彼は五、六時間かけて、小説と台本を読み終えた。

次の日、彼は杉並区天沼《あまぬま》の大下監督宅を訪ねた。午前十時過ぎだったが、監督は寝床をはなれていなかった。

監督の夫人にいわれて、昼食のテーブルについた。そこへ入ってきた監督に、小説と台本を読んだことを報告した。小説は、四十代の登山の好きな人形作りの職人の男が、国内の名を知られた山をこつこつと登っているうちに、五十座を越えていることに気付いた。そこで百名山を目ざすことを思い付き、北アルプスの槍《やり》ヶ岳《たけ》を百番目に登る山に目標を定め、南アルプス、中央アルプスの山々を踏破《とうは》し、ついに百番目の槍ヶ岳へ昇るために、やせた東鎌《ひがしかま》尾根《おね》を登りつづけていた。大槍の鋭峰をちらちら目に入れながら進むうち、大岩にコースを阻《はば》まれた。その岩には「右にまわれ」とペンキの矢印が付いていたので、それにしたがった。大岩を右にまわると、その先は目がくらむ断崖だった。彼は力尽きてすわり込んだ。すぐ近くで雷鳴がして、大粒の冷たい雨が落ちてきた――

「大岩は、何者かの手で動かされていたんですね。大岩を動かすトリックには、びっくりしました」

高浜は、お茶を飲んでいる監督にいった。

「山好きの人形職人は、ある男から恨まれていた。ある男は人形職人の男を殺すことにして、特殊な方法を考えた。直接手を下さない方法があることに気付いて、何度か実験のうえ、槍ヶ岳直下でそれを実行した。あんたは、人形職人を山で殺す犯人を演《や》れ」

高浜は寒気を覚えて腕で胸を囲んだ。

「断崖」という映画は大下輝彦監督の手で半年後に完成して、各地の映画館で上映された。峻険《しゅんけん》な高山で人を殺す犯人を、新人の高浜敬三が演じた。観客はそれまで高浜敬三を知らなかった。映画ではエンドマークの直前に、高浜のニヒルな白い顔が真正面から大写しになった。

「映画の『断崖』の評判はよくて、高浜敬三は業界でも話題にされるようになったということです」

鬼頭の額は赤くなった。以前から茶屋は知っているが、酒に強い男だ。四合ぐらい入る銚子《ちょうし》を自分の盃に注いで飲み、岩豆腐をくずして芥子味噌《からしみそ》で食べている。去年のことだったが、渋谷の小料理屋で、生のワサビをかじっている鬼頭を見たことがある。

「『断崖』という映画で高浜さんは有名になって、その後、映画にもテレビドラマにも出るようになっています。下諏訪の家族はよろこんでいるでしょうね」

「彼の私生活が問題ですので、よろこんでばかりはいられないでしょう。私も『週刊八方』で批判的なことを書いていますし」

そうか、高浜には離婚歴がある。その原因は女性問題のようだ。

「それから……」と鬼頭はいって、盃を音をさせて置いた。

2

「私は、高浜敬三が憎くて、彼がかかわっていそうな事件を追いかけているんじゃない」

鬼頭は岩豆腐に箸《はし》を突き刺した。酔いがまわってきたようだが、話し方はしっかりしている。

「一昨年《おととし》のことですが、私は高浜さんに会って、大下監督とかかわるようになった経緯をきいたんですが、話をきいているあいだにふと暗い表情をする彼に気付きました。高浜さんは、諏訪湖畔や霧ケ峰での撮影現場を見ているうち、大下監督の目にとまって、俳優になることをすすめられた。それは事実ですが、生まれ育った土地をはなれることにしたのには、映画製作の仕事に就《つ》きたいとか、俳優になりたいという気持ちだけではなかったんじゃないかって考えて、私は下諏訪町を訪ねました。木材を挽《ひ》く高浜製材所の近くで、しばらくバンドソーの音をきいたり、丸太を転がしている作業員を見たりしてから、近所の家へ寄って、敬三さんが製材所で働いていたころのことをききました。すると、高浜家の隣家の主婦は、『敬三さんのことなら牛山《うしやま》さんにきくといい』といって、百メートルほどはなれた家を教えられました」

鬼頭は牛山という家を訪ねて、その家の主婦に会った。主婦は鬼頭を座敷に招いてお茶を出してくれた。

主婦は敬三をよく知っていた。彼女の話で、主婦の息子の孝太郎《こうたろう》は、中学を出ると高浜製材所へ就職したことを知った。就職して半年あまりが経った秋、御射山《みさやま》へ杉の木の伐採《ばっさい》と積み出しに向かった。その作業には敬三も加わっていた。伐採と枝払いがすむと、二台のトラックに丸太が山のように積まれた。敬三も孝太郎もロープを掛けたトラックの荷台に乗って山を下ることになっていたのだが、枝を払っていた孝太郎の姿がなかった。数人の作業員は孝太郎の名を何度も呼んだが声はしなかった。それで作業員たちは、夕暮れ近くまで山林のなかをさがしたが、孝太郎を見つけられなかったので警察に連絡した。警察隊は大きいライトを持って林のなかをさがしまわったが、彼を発見することはできなかった。

孝太郎捜索は次の日もその次の日もつづけられたが杳《よう》として彼の行方は知れなかった。

捜索三日目、警察犬が加わった。その日の夕方、伐採地域から二百メートルもはなれた草むらの洞穴《ほらあな》のなかで死亡している孝太郎が見つかった。額が割れて、顔は鬼の面をかぶったように真っ赤だった。洞穴内で死んでいる者の顔がなぜ血を浴《あ》びたように真っ赤なのか。彼は松本《まつもと》市の大学法医学教室へ移された。死因検査が行われた。その結果は意外で、何者かに棒のような物で額を撲《なぐ》られたか、倒れてきた木が額を割ったのかということになった。それにしても作業現場からはなれた洞穴内に居たのが謎だった。

高浜製材所は牛山孝太郎を手厚く葬《ほうむ》った。敬三が映画の撮影現場を見るようになったのは、その七、八か月後である。

茶屋は鬼頭の話をきいて腕を組んだ。

「牛山孝太郎の死亡には、高浜さんが関係していると鬼頭さんはみたんですね」

「高浜家の近所の家の人たちは、孝太郎の死因に疑問を抱いていた。私が隣家で敬三さんについてきこうとしたら、牛山家できくようにといわれた。……高浜さんは、めったに下諏訪へは帰らない。両親は七十代で健在のようです。家族は、映像では敬三さんを観ているでしょうが、お母さんはいくつになっても、末っ子の敬三さんに直接会いたいでしょうね」

相模川で桐谷沙希の遺体が見つかった。それを知った高浜敬三は、所轄の茅ヶ崎署へいくといったが、気が変わってか警察の敷居をまたいでいなかった。彼は警察が嫌いなのではないか。過去をほじくられるのが恐いのだろう。

「高浜さんは、大下監督には気に入られているけど、俳優たちには好かれていないようです」

鬼頭がタコを嚙《か》みながらいった。

「なぜでしょうか」

「何年も前ですが、『蒟蒻屋仁左衛門《こんにゃくやにざえもん》』という映画がありました」

「タイトルだけは憶えています」

「その映画の撮影中、現場に本物の日本刀が置いてあった。高浜さんはそれを見て、鞘《さや》をはらうとひと振りした。そこへ飲み物を運んできた若い女優が通りかかった」

「高浜さんは、まさかその女優を……」

茶屋は、沢庵《たくあん》をはさみかけた箸をとめた。

「刃《やいば》の先が女優の背中にあたった」

「怪我《けが》をした」

「顔でなくてよかったけど、女優は救急車で病院へ運ばれたそうです」

「日本刀か……」

茶屋はつぶやいた。箱根湯本できいた昔ばなしを思い出した。

鬼頭の話をききながら酒をちびりちびり飲《や》っているうちに、酔いを感じた。ホテルの部屋で安楽椅子にすわって、鬼頭が話してくれたことを思い出しながらノートにメモした。高浜敬三が物騒な男に見えはじめた。彼とはこれからも何度か会うだろう。茅ヶ崎署へいかなかったことを彼はどう話すのか。茶屋は高浜に会ったら、表情を穴が空《あ》くほど見て、心の呼吸をのぞくつもりだ。


翌朝、茶屋は若宮大路を歩いて、鶴岡八幡宮を参拝した。午前十時すぎだったが、すでに参拝を終えた人たちがいた。

何度か冷たい水を飲みながら、車を運転して、曇《くも》り空の東京へもどった。ハルマキに車を洗ってもらうことにして、ガレージの外へ車を出しておいた。

事務所のソファには、長い髪の女性が背中を丸くしていた。茶屋に気付いて立ち上がると、黙って頭を下げた。女性は真っ赤な目をしていた。その目に白いハンカチをあてた。女性は道玄坂《どうげんざか》上の「こうばん」というバーに勤めている柴山素子《しばやまもとこ》だった。バーに勤めている人が日中、事務所へやってきた。茶屋が出てくるのを何時間も待っていたのかもしれない。やや小柄の彼女は三十を出たばかりなのを茶屋は知っている。

なにか重大なことが——茶屋は直感し、彼女をすわらせた。彼女は白いハンカチを広げて顔をおおった。サヨコとハルマキは、衝立《ついたて》の陰《かげ》に立って茶屋と素子の様子を見ている。

「唐木田《からきだ》さんが」

彼女は搾《しぼ》り出すようにいって、またハンカチを顔にあてた。唐木田とは主に雑誌の「文芸時空」に、世間の出来事や話題になっている人物のことを寄稿しているジャーナリストだ。唐木田修吾《しゅうご》という名で、中肉小太り。いつもにこにこしているが、筆法の鋭《するど》さは業界内に知れ渡っている。茶屋は唐木田を尊敬している。唐木田は、バーのこうばんへ飲みにいくと茶屋を誘っていた。彼が素子と出来ていたのを茶屋は知っていた。

「唐木田さんが、どうした」

「十四日に……」

彼女は咽《むせ》て咳《せき》をした。赤い目を茶屋に向けると、

「亡くなりました」

今度は、声を出して泣いた。衝立の陰のサヨコとハルマキも、ハンカチを目にあてた。

「唐木田さんが、亡くなった……」

茶屋は天井を仰《あお》いだ。唐木田は茶屋よりひとつ上の四十四歳のはずだ。

素子の話だと唐木田は五、六日前、沖縄での取材を終えてもどってきて、こうばんへ飲みにくることになっていたが、現われない。素子が電話をすると、体調がよくないので自宅で寝ていると答えた。彼女は店を終えると、中野区野方のマンションへ彼の様子を見にいった。彼はなにも食べずに目を瞑《つむ》っていた。翌朝、彼女は粥《かゆ》をつくって食べさせた。が、食べた物を吐いた。吐いたものに血が混ざって

いるのを見て、彼女は胸を押さえた。

その日の夕方もまた粥を与えた。半分ほど食べると、苦しそうに胸を押さえて吐き出した。やはり血が混じっていた。彼女は異常を察知して、救急車を要請した。彼は御茶《おちゃ》ノ水《みず》駅近くの大学病院へ収容された。

素子は帰宅せず、病室の壁に寄りかかって夜をすごした。夜が明けた。唐木田の容態を見にきた医師は、いくつかの器材や計器を彼のベッドの脇に据《す》えさせた。素子は蒼《あお》くなった。医師と看護師は素子が質問することに応《こた》えず、あわただしく病室を出入りした。

午後一時すぎ、唐木田は薄く目を開けた。看護師が素子に、「手をにぎってあげて」といった。彼女は氷のように冷たい手を両手で包んだ。彼はわずかに口を動かした。その口に彼女は耳を押しあてた。彼は、たしかになにかいった。「素子」と呼んだようでもあった。それから三十分後、唐木田は息を引き取った。

素子は、唐木田には何年も前に離婚した人がいるのを知っていたが、彼の死亡を伝えなかったし、だれにも話したくなかった。遺体を二日間、病院にあずかってもらい、葬儀社に連絡して、落合《おちあい》で荼毘《だび》に付し、遺骨を東中野の彼女の自宅へ抱いて帰った
——

「唐木田さんは、秋田市の出身です」

素子は涙の残っている目を茶屋に向けた。

「知っています」

「あした、彼のお骨を秋田のお母さんに届けたいのです」

茶屋はうなずいた。

「お母さんは七十歳で、独り暮らしだと彼からきいていました。きのう、お母さんには電話しました。お母さんは偉い方で、わたしに、『お世話になりました』としっかりした声でおっしゃいました。……茶屋先生にお願いです。あした秋田へ一緒にいっ

て、お母さんに、唐木田さんがやっていた仕事を、話してあげていただきたいのです。わたしは仕事のことを正確に伝えてあげることができませんので。……お忙しいのを知っていますが、どうか、どうか、お願いします」

彼女は、白いハンカチの端を噛んだ。

衝立の陰で、「ううっ」という声がした。ハルマキが咽び泣いたようだ。

茶屋は了解した。素子と一緒に秋田へいくことにし、待ち合わせの時間を話し合った。

素子は、ハンカチをにぎったまま立ち上がると、衝立の陰にいるサヨコとハルマキに深く頭を下げて、事務所を出ていった。

3

柴山素子とは午前十時少し前に、東京駅の新幹線ホームで待ち合わせした。黒いコートの彼女は、紫色の布で包んだ唐木田修吾の遺骨を抱いていた。茶屋は彼女のためにグリーン車にした。彼女は、グリーン車は初めてだと窓ぎわの席でいった。

素子は膝《ひざ》にのせている唐木田のお骨を、ときどき撫《な》でていた。列車が福島を過ぎたところで、彼女は黒いバッグから風呂敷らしい布で包んだもののなかから、海苔《のり》巻きのおにぎりを出し、「お昼ですよ」と唐木田にいって、紫の包みの上へのせ、茶屋にも、「どうぞ」といってくれ、彼女も食べた。

「次は仙台《せんだい》よ」

と、彼女は唐木田に話し掛けた。

列車は盛岡《もりおか》を過ぎた。「あら、雪が」彼女は珍しげに窓の外を眺めた。

「あなたは生まれは」

茶屋がきいた。

「神奈川県の平塚《ひらつか》市です。すぐ近くを大きな川が流れていて、大雨が二日つづいたとき、消防の人に、避難の準備をするようにといわれたことがありました」

「ご家族は」

「両親と兄が二人います。父も兄たちもサラリーマンです。わたしは東京の大学に入りましたけど、二年生のときに、病気と交通事故に遭って、大学を長く休んだので、中退しました。そのあとは、午後、老人ホームのお手伝いを五時間やって、こうばんへ出勤しています」

秋田に着いた。小雪が斜めに降っていた。

二人は駅前交番で、唐木田文子《ふみこ》という修吾の母の名をいって住所への地理を尋ねた。そこは旭南《きょくなん》といって旭川《あさひかわ》の近くだと教えられた。

タクシーに乗って住所を告《つ》げると、大きい酒造所のすぐ近くだといわれた。

唐木田家に着いた。白髪の女性が玄関の前の雪を掃《は》いていた。その人が修吾の母の文子だった。

「ご遠方から、わざわざありがとうございました」

文子は丁重に素子と茶屋を迎えた。


座敷には祭壇がつくられていた。素子は紫の布をそっと剝《は》いだ。純白の布に包まれた箱があらわれた。文子がグラスに水を注いで供《そな》えた。黒い衣の僧侶が一人やってきて、経《きょう》を唱《とな》えた。素子は何度も目を拭《ぬぐ》った。蒼白い顔の文子は目を閉じて手を合わせ、凍ってしまったように身動きしなかった。

修吾の妹の里江《さとえ》が中学生ぐらいの娘を連れてきて、文子の後ろにすわって手を合わせた。里江は小さい声で、「お兄ちゃん」と呼び掛けた。その背中へ、娘は額を押しつけた。

茶屋は帰るつもりだったが、文子に一泊していってもらいたいと乞《こ》われた。夕飯をつくるので、家族と一緒に食べていってもらいたいといわれた。普段息子とは遠くはなれて暮らしていたが、電話で声も聞けなくなったのをあらためて思うと、寂しさで遣《や》る瀬《せ》ないのだろう。

台所には、里江と素子が立った。茶屋は唐木田の遺骨の前で、文子の話し相手をした。

「修吾は、毎月、二十日になると、お金を振り込んでくれていました。金額はまちまちでしたけど、わたしは助かっておりました」

唐木田は孝行息子だったのだ。

「それから遠方へいくと、そこで絵はがきを買って、珍しいものを見たとか、食べたと書いて、送ってくれました」

彼女は話しながら、何度も遺骨のほうを向いた。

「あした、お坊さんが、戒名《かいみょう》を付けたお位牌《いはい》を持ってきてくれることになっています」

唐木田修吾は仏壇で、父親の位牌の横に並ぶことになるのだろう。

夕食はエビと野菜の天ぷらだった。茶屋は、いぶりガッコをいくつも食べた。文子から酒を注がれた。すぐ近くの酒蔵所が、息子の不幸を知って、清酒を届けてくれたのだという。

「素子さんは、お料理が上手」

里江が褒《ほ》めた。里江の娘は文子の横に腰掛けて、素子と茶屋をちらちらと見ていた。

素子は椅子にすわると、茶屋の職業を里江の娘に話した。

「わたし、茶屋次郎さんのお名前、なにかで見た憶えがあります」

利発そうな顔の娘は首を左右にかしげた。

茶屋は素子に、唐木田は沖縄へ、なんの取材にいったのかを知っているかときいた。

「もう一人の白旗の少女に、会いにいったのだと思います」

「もう一人の白旗の少女……」

茶屋は盃を置いた。

「終戦の何日か前、糸満《いとまん》の洞穴に何人かが隠れていたんです。その穴のなかにいた一人の男が、褌《ふんどし》、T字帯のことだと思います。それをはずして、棒の先にゆわえ、五歳の少女に持たせて、洞穴から出ていかせたんです。穴のなかにいた人たちは、少女の命を助けようとしたのか、それとも穴のなかの何人かを死なせないためだったか、少女は意味を呑《の》み込まないまま、白布を付けた棒をかついで穴を出ていって、アメリカ兵の目にとまって、食べ物を恵まれたそうです。のちに穴のなかに隠れていた人たちも助けられたということです。……白旗の少女は八十三歳で健在だということを修吾さんは知って、その人に会いにいったんです。……わたしは病院で、彼に、もう一人の白旗の少女に会えたのってききましたら、会えたというようにうなずきました。その人から少女のときの話をきけたのとききましたら、やはりうなずきました。わたしは修吾さんがいつもポケットに入れているノートを見ました。糸満市の住所と金城《きんじよう》宮子《みやこ》と、少し大きい字が書いてありました。その人が、もう一人の白旗の少女だと思います」

文子は箸を置くと、胸で手を合わせた。里江は目尻に指をあてた。

「唐木田さんは、終戦の前後に目立った行動をした人の話を、いくつも『文芸時空』に載《の》せていました。私が憶えているのは、『降伏の赤いふんどし』です。大阪の吹田《すいた》で初老の男が、毎朝、赤くて長い布を振って、『日本は早く降伏を』と叫んで、街中を走りまわっていた。『日本国民はアメリカ軍に殺されているのではない。国民を殺しているのは、日本の軍隊なんだ』。それを憲兵が見つけて制止させようとするが、男はやめようとしない。ある朝、その男は憲兵に銃で腹を撃《う》たれて倒れた。死ぬ直前に男は憲兵に向かって、『俺は十年後に生き返る。そして、おまえの母親の手の指を一本一本剪定鋏《せんていばさみ》で切り落として、おまえに会わせる』と、血を吐いて叫ぶ、と書いてありました」

翌朝、茶屋は川沿いを上流に向かって歩いた。雪の上に動物の足跡が連《つら》なっていた。

東京へもどると、唐木田修吾と関係のあった「文芸時空」をはじめ数社に、彼の無念を伝えた。

夕方、「文芸時空」の編集長から電話があって、唐木田がこれまで三年間続けていた「日本百迷山」を受け持ってくれないかといわれた。

茶屋は礼をいい、考えて返事をすると答えた。


茶屋は、二年前から行方不明になっているモデルの秋吉純のことを考え直した。いつも彼の頭の隅で彼女の行方が気になっていた。週刊八方の鬼頭は、『高浜さんは、自宅近くで小杉直美という女性に、ナイフを握って襲われそうになった。それは高浜さんがモデルの秋吉純と会うことにしていた日だった。不慮の災難に遭った高浜さんは秋吉純に、きょうは会えなくなったと電話した。その二日後、高浜さんは秋吉純と会ったんじゃないかと思う』と推測している。秋吉純が姿を消したのはその日だ。二人が会ったのだとしたら、高浜は彼女がどうしたかを知っているものと思われる。秋吉純が行方不明になったのに、高浜はその人のことを人に話さないらしい。それが不自然だ、と鬼頭はいっている。

茶屋は、高浜敬三から困りごとの相談を受けたが、彼にからむ出来事を知ると疑惑を持つようになった。

彼は、二年前に離婚したといっていた。娘が一人いて、妻が引き取っているといっている。

茶屋は、もっと高浜敬三を知る必要を感じ、今度も、藤本弁護士事務所に、高浜の妻だった人の住所確認を頼んだ。

高浜の妻だった人は旧姓にもどしていた。長峰《ながみね》球《たま》子《こ》で四十歳。娘は琴音《ことね》で十五歳。住所は目黒区自由《じゆう》が丘《おか》。

彼女に会いにいっても、「高浜のことでしたら、お話しすることはございませんので」といって、門前ばらいされるかもしれない、と覚悟しながらその住所を訪ねた。

その家は低い木塀で囲んだ木造の二階屋で、松の細い枝先が塀の上に並んでいた。なんとなく几帳《きちょう》面《めん》な人の住まいに見えた。

茶屋はその家をカメラに収めてからインターホンのボタンを押した。二度押したが応答はなかった。

隣家の主婦に、「長峰さんは、どちらかへお勤めでしょうか」ときいた。

「長峰さんは、自由が丘駅近くで、洋菓子のお店をやっています。トップランという、とてもきれいなお店ですよ」

と教えられた。球子は娘と二人暮らしということも分かった。

トップランはすぐに分かった。一階が洋菓子の店で二階がカフェだ。一階のガラスケースの前には女性客が四、五人いた。ガラスケースの内側には白い帽子の若い女性店員が二人いる。球子らしい女性の姿は見えないので、店員に声を掛けた。すぐに白《しろ》装束《しょうぞく》の球子が、眉間《みけん》をやや険《けわ》しくして出てきた。

茶屋は彼女に名刺を渡した。

「茶屋次郎さん……」

わりに背の高い彼女は、名刺をじっと見てから、

「ご用はなんでしょうか」

ときいた。目鼻立ちはととのっているが、やや冷たい感じのする人だった。

茶屋は低い声で、「高浜敬三さんについて」と答えた。彼女は不快を顔に出したが、調理場の奥へ彼を招いた。

ガラス張りの個室には横長のテーブルと丸椅子が四つ並んでいた。従業員が食事に使う部屋のようだ。

「お店はご繁昌《はんじょう》のようですね」

「それほどでもありません」

彼女は表情を変えずにいった。

この店は以前は球子の父親が経営していたが、父親は大病を患《わずら》って働けなくなった。それで店を人手に渡すという案が出ていたが、球子が高浜と離婚したのを期に、後を継ぐことになったのだという。

茶屋は、「立ち入ったことをうかがいますが」と

断わって、離婚の原因を尋ねた。

「俳優として少しばかり売れるようになったので、世間からちやほやされるのは仕方がないと思っていましたけれど、若い女性と親しくなるのは、妻として赦《ゆる》すことはできません。そのことをわたしが責めると、女性とはお茶を飲むだけで、ファンサービスだとか、必要なことだなんていいのがれをしていました。それはいいのがれで、じつは親密な間柄になっているのを、わたしは妻ですので分かるんです。それと……」

彼女は口を閉じると目付きを変えた。

「月に一度、いえ、一度ではありません。真夜中に、怯《おび》えるような声を出して、冬でも汗をかいて震えているんです。初めのうちは気持ちの悪い夢でも見たのでしょうと思って、汗を拭いてあげていましたけど、同じようなことがときどき起こるので、同じ夢を見るのかとききました。ですが彼は、どんな夢を見るのかを話しませんでした。……わたしは両親に、彼の異常な怯えかたを話しました。母は心配だといって、わたしと一緒に、精神科のお医者さんを訪ねました。お医者さんには、どんな怯えかたをするのかをきかれましたので、顔に汗を浮かべて、唇を震わせて、赤ん坊が泣くような声を出すのを話しました。お医者さんは、高いところから落ちそうになったとか、海か川で溺れたことがあったのではないか、とおっしゃいました。それで、子供のときに恐い思いをしたことがあったのかと、本人にききましたら、そんな憶えはないといいました。けれど、わたしは信じられないので、下諏訪へ両親に会いにいって、真夜中の彼の怯えのようすを話しました。両親は、『時代劇で人を斬る役を演《や》るので、それが夢に現れるんじゃないか』なんていって、下諏訪にいるときに、恐い思いをしたことはなかったはずといわれました」

「あなたは、高浜さんのご両親のいったことを、信じていますか」

茶屋は、球子の顔を真《ま》っ直《す》ぐに見ていった。

「いいえ。ご両親の話のなかに、歯切れの悪い部分がありましたので、全面的に信じたわけではありません」

「離婚は、どちらが……」

「わたしからです。後悔がないかをよく考え、両親と娘に話してから、切り出しました。そのとき彼は、何度か時計を見て、築地だか銀座で、仕事の打ち合わせがあるといって、出ていってしまいました。その晩、彼は真夜中に帰ってきて、わたしのいったことをよく考えた。君は考えたうえでいい出したのだろうから、別れることにしようといって、着替えをバッグに押し込んで、出ていってしまいました」

「おたがいに話し合って、けりをつけたのではないのですね」

「彼は、何日ものあいだ、家へは帰ってこなかったと思います。……わたしは離婚を切り出した日に、娘に意見をききました。娘は、わたしの気持ちを理解したようでしたけれど、顔を伏せて涙を流していました。それを見て、わたしが責められているような気がしました。……わたしは話を切り出した三日後、娘と一緒に実家へもどり、それから五、六日後に、彼ときっぱり話しをして、荷物を運びました」

茶屋は腕組して、球子を見ていた。彼女は紅茶を出し、白い皿に玉子の黄身のような色のケーキをのせて、「召し上がってみてください」といい、わずかに頬《ほお》をゆるめた。

折角《せっかく》だったので、茶屋は紅茶を一口飲んで、フォークを使ってケーキを食べた。淡《あわ》い甘みが舌の上で溶《と》けた。それまで口にしたことのない味だ。ケーキの名をきいた。

「ダフォディルです」

茶屋はケーキの名をメモして、味を褒《ほ》めた。

「高浜さんが、夢を見て怯えるような声を出す原因は、下諏訪で実家の製材所に勤めていたころに経験したことのある出来事が夢に現れるのではないでしょうか」

茶屋は、また紅茶を一口飲んだ。

「彼は、どんな経験をしているのでしょうか」

「わたしは、あるライターから、高浜さんが俳優になるまでのことをききました。そのなかに、山での伐採作業中に起きた出来事をききました。作業中に少年の作業員がいなくなったんです。警察も消防も出て、少年をさがしたところ伐採現場からはなれた洞穴の中で発見された。その少年は、顔から血を流して死んでいたそうです」

「顔から血を……」

球子は胸に両手をあて、茶屋の目の奥をさぐるような顔をした。

4

事務所にもどるとサヨコとハルマキに、

「ダフォディルって、なんだか分かるか」

「きいたことがある。なんだったか」

サヨコは首をかしげたが、水仙《すいせん》の英名ではないかといって、キーボードを叩《たた》いた。

「やっぱり水仙だった。それがどうしたの」

「トップランという洋菓子店の女性店長が、紅茶と一緒に出してくれたケーキの名」

「おいしかった」

「あんなに旨《うま》いケーキを食べたのは、初めてだった」

「食いたい」

ハルマキだ。

「おいしかったら、それをなぜ買ってこないの」

サヨコだ。

「そんなことができるか。買うといったら、店長は料金を取らないだろう」

「そうか。おねだりするみたいだものね。ケーキのことをきいたら、小腹がすいてきた」

「餅《もち》でも焼いて食え」

「餅は、嫌いや。太るらしいから」

茶屋にはずっと前から気になっていることがある。それは二年前から行方不明のままの秋吉純だ。彼女は人気が出はじめたモデルで、当時二十六歳。

高浜敬三は彼女に好意を寄せ、何度か人目につかないところで会っていたらしい。

秋吉純の本名は「さなえ」。出身地は、長野県上《かみ》伊《い》那《な》郡飯島《いいじま》町。地図を開いた。飯田《いいだ》線に飯島駅がある。東側の天竜川を越えると南アルプスの鋸岳《のこぎりだけ》や仙丈《せんじょう》ケ岳《たけ》が天を衝《つ》き、西側には中央アルプスの木《き》曽駒《そこま》ケ岳《たけ》や空木岳《うつぎだけ》が迫っているいわば伊那盆地だ。

茶屋は何年か前に、山登りの好きな知人に誘われて、宝剣岳《ほうけんだけ》へ登った。宝剣直下は千畳敷《せんじょうじき》カールと呼ばれている氷河期形成の圏谷《けんこく》だ。そこから宝剣の大岩壁を仰いだ。光った巨大な岩壁はおおいかぶさってくるような迫力で、身震いを覚えた。

あしたはその飯島へいって、さなえの家族に会うことにした。それをいうとハルマキは地図を広げた。

「中学のとき、信州《しんしゅう》伊那から転校してきた女の子がいて、仲良しになった。その子は背が低くて、太ってて、色が黒くて、言葉に少し訛《なまり》があった。やさしい気立てのいい子だったので、わたしは好きだった。その子はよく、桑《くわ》の実とか茱《ぐみ》を食べたっていってました。……お父さんの職業の関係で、中学を卒《お》えると静岡へ転居しました。その子はときどき、千畳敷へ遊びにいったことを話していました。そのことを思い出して、そこへいってみたいって思うことがあります」

ハルマキは地図に向かって話した。

高浜敬三が電話をよこし、事務所を訪ねていいかといった。茶屋が了解すると十分ぐらいして現われた。彼はグレーのコートのポケットに片方の手を入れたままソファに腰を下ろした。上質そうな厚手のシャツの襟《えり》がのぞいている。顎《あご》には不精《ぶしょう》髭《ひげ》が薄く伸びていた。

「私は、桐谷沙希がどうしてあんな目に遭ったのかを、ずっと考えています」

高浜は、テーブルの中央付近に視線の先を置いている。

「残酷なやりかたです。憎しみがこもっているようだ」

茶屋は、高浜の黒ぐろとした髪を見ていった。

「彼女は、だれかに恨まれていたんでしょうか」

「そのようにも受け取れますね。……ところであの日、高浜さんは、茅ヶ崎署へいっていなかった。どうしてですか」

「いくつもりでしたけど、いろんなことをきかれそうなので、やめたんです」

「警察はいろんな情報を集めて、捜査をする。あなたからの情報も欲しかったと思いますよ」

ハルマキがコーヒーを二人の前へ置いた。

これから茅ヶ崎署へいっても遅くはない。だれがどうして沙希を殺したのかを追及するために、高浜の話すことが役立つような気がする、と茶屋がいった。

高浜はかしげていた首を横に振った。茶屋の意見にはしたがわないといっているようにもみえた。

茶屋は、コーヒーを一口すると、

「モデルの秋吉純さんは、どうしたのでしょうね。行方が分からなくなって二年になります」

高浜は、コーヒーカップに腕を伸ばしたが、カップを持たなかった。

「あなたとかかわりのあった二人の女性が、災難に遭っている。その原因を、お考えになったことがありますか」

「それは、あれこれ、考えています。……きょうはなんだか、茶屋さんに責められているような気がします」

高浜は顔を起こすと横を向いた。

「責めているわけではありません。私の調査に協力していただきたいのです」

「協力しているつもりです。ただ……」

高浜はふたたび下を向くと、「秋吉純の場合も、桐谷沙希の場合も、私との付合いが浅かった」と、つぶやくようないい方をした。

二人は、五、六分、沈黙していた。

「高浜さんには失礼にあたるでしょうが、私は、二人の女性の事件の原因は、あなたにあるような気がしてきました。正直にいいますが、私は長峰球子さんに、自由が丘の洋菓子店で会いました」

高浜は大きな目をした。不愉快な感情を顔にあらわした。肚《はら》のなかでは、茶屋を余計なことをする男だといっているようだ。

茶屋は気を遣《つか》いながら、真夜中の夢にうなされることがたびたびあったらしいが、それは現在もつづいているのか、ときいた。

高浜は気を悪くしたらしい。茶屋の顔をひとにらみすると、「不愉快です」と、唾《つば》をとばすようにいって立ち上がった。

「私はあなたに、桐谷沙希が行方不明になったので、彼女の行方を……。もういい。調査はやめてください。あなたには、もう会いたくない」

高浜は、風を起こして事務所を出ていった。

「ああ、俳優を怒らせちゃった」

サヨコが、パソコンの画面を向いたままいった。

茶屋は、高浜のもっとも痛い部分を衝《つ》いたようだ。

「牧村さんも、気を悪くするでしょうね。先生は、調査の先を高浜さんに向けた。目的が違うじゃないかって、いわれますよ」

サヨコは椅子を立たなかった。

「私は、高浜敬三が、黒いものを背負っている人間にみえたんだ。……あしたは伊那へいってくる。秋吉純は二年ものあいだ行方知れずだ。その間、高浜は、彼女の行方をさがそうとしていたのか。彼女と付き合っていたことさえも、隠しているんじゃないのか」

「伊那へいって、秋吉純さんがどうなったかが、分かるといいね」

サヨコはハルマキに話し掛けた。

5

茶屋は列車で信州へ向かった。岡谷《おかや》で飯田線に乗り替えた。各駅停車だ。飯島までは二時間近くかかった。駅前から中央アルプスを眺《なが》めた。一緒に列車を降りた中年女性に、秋吉さなえの父親の名をいって、地理をきいた。

「秋吉さんというお宅はほかにはないと思いますので」

といって、歩いて十分ぐらいの醸造所の後ろ側の家の場所を教えてくれた。

駒ヶ岳から吹きおろす風は冷たく、茶屋はコートの襟《えり》を立てた。ほのかに醤油《しょうゆ》か味噌《みそ》の匂《にお》いを嗅《か》いで、倉庫のような建物の裏側へまわった。細い流れをまたいだ二階屋の玄関には「秋吉順策《じゅんさく》」という表札が出ていた。玄関の前には耳がたれた薄茶色の大型犬がいて、茶屋に近づいてきた。彼が腕を伸ばすとわずかに尾を振った。

茶屋は大きい声で、「秋吉さん」と呼んだ。

縁側のガラス戸が開いて白い髪の女性が中腰になって、「荷物ですか」ときいた。

「いや、私は配達員ではない。茶屋次郎という東京の者です。うかがいたいことがあって訪ねて参りました」

女性は七十代後半のようだ。彼女は茶屋の風采《ふうさい》をあらためて見るような目をしてから、玄関へ入ってくれといった。表札の名はさなえの父親だろう。年寄りの女性は順策の母のようだ。

玄関を入ると、

「寒いから、上がってください」

といわれた。招かれた部屋には炬燵《こたつ》があり、電気ストーブが炬燵のほうを向いていた。白と黒の毛の太った猫がいて、茶屋をにらんだ。

女性はテレビを消すと、炬燵の横に正座して、茶屋の用件をきいた。

「秋吉純さんのお名前で仕事をなさっていたさなえさんのことについて、お話をうかがいたいのです」

さなえの祖母と思われる女性は眉間を寄せて顔を曇らせた。

二年前から行方不明だが、というと、彼女はなにを思ってか立ち上がって、部屋を出ていった。
五、六分経つともどってきて、
「さなえの父親を呼びましたので、お待ちください」

といった。

彼女は炬燵の台の上へ湯気の立ちのぼるお茶を置いた。

さなえの父はすぐ近くで木工所をやっている。母にもそこでやる仕事があるのだという。


三十分ばかり経つと、さなえの両親が部屋へ入ってきた。父親の順策は長身だし肩幅が広かった。五十代半ば見当だ。母親は切れ長の目をした器量よしだ。

「茶屋さんは、さなえの行方をさがしていらっしゃるんですか」

「さなえさんは、突然姿を消したようですので、さがしようがありません」

茶屋はそういってから、さなえは二年前の十一月のある日から行方不明になった。彼女は俳優の高浜敬三と親しくしていたらしい。高浜と会った直後に姿を消したようだが、高浜は彼女と会っていないといっている。彼女は事件に巻き込まれたのかもしれないが、足取りはまったくつかまれていない。

「さなえさんがいなくなったのを、ご家族はどこで知ったのですか」

茶屋は両親の顔を見てきいた。

「さなえが電話で、旅行するといいました。仕事柄、たびたび旅行をするようでした」

母がいった。

「旅行先をおききになりましたか」

「きいたような気がしますが……」

忘れたのか、母は口を閉じた。

「その後、さなえさんからは電話がなかったのですね」

彼女はそうですというふうに首を動かした。

「さなえさんの住所は、中野区上高田でした。所轄は野方署。捜索願いをお出しになったでしょうね」

「はい」

二か月経っても消息が知れないので、住所のマンションを解約した、と彼女は俯《うつむ》き加減で答えた。

父親も祖母も顔を伏せるようにして黙っている。母親の話も歯切れが悪いし、態度も不自然だ。茶屋は三人の態度を見て、なにかを隠していると判断した。大事な娘が二年ものあいだ行方不明だ。警察に相談しただけでなく、心あたりをさがすのが普通だが、それをしたようではない。

「さなえさんと親しくしていたらしい、高浜敬三さんにお会いになったことがありますか」

茶屋は三人の顔に目を配った。父も母も首を横に振った。

「さなえさんから、高浜さんと親しくしていることを、おききになったことは」

「ありません。知りませんでした」

順策が答えた。怒っているようないいかたをした。

茶屋は、さなえには兄弟がいるのかをきいた。

真智《まち》という妹がいて、高原美術館に勤めていると、母が答えた。妹はこの家に同居していることが分かった。

太った猫は、おとなの話し合いが退屈だったのか、あくびと伸びをして部屋を出ていった。さなえの祖母が白い粉を吹いた干し柿を出してくれたが、茶屋は手を付けなかった。

茶屋は、失礼なことをきいた、と謝って退去した。秋吉家を振り返ってから飯島駅へもどった。待合室で腕組していたが、さなえの家族の歯切れの悪い話が頭の隅にこびり付いてはなれなかった。

　冷たい風はやんだが、雲は黒ずんできて、雪を降らせそうになってきた。駅前のラーメン屋へ入って、熱いラーメンをすすった。首をひとひねりしてから、秋吉家の近所の一軒を訪ねた。主婦らしい女性の姿が目に映ったからだ。

　茶屋が、秋吉家のことをききたいというと四十代の主婦は、玄関のなかへ入ってくださいといった。

「秋吉さんのご家族をご存じでしょうか」

「近所ですので、知っていますが。なにか」

「さなえさんを、ご存じですね」

「はい。きれいな娘さんで、モデルをやっていました。雑誌に載っている写真を何度か見ました。……二年ぐらい前だったと思いますけど、モデルをやめたようです」

「モデルをやめた。……それをどこでおききになったんですか」

「実家へいると近所の人にきいたんです。しばらくしてまた東京へもどったのか、いまは実家にいないようです」

「実家にいたのは、二年前ですか」

　茶屋は念を押した。

「そうです。うちの息子が交通事故を起こして、怪我をして、しばらく休んでいたときですので、まちがいないです」

「さなえさんは二年前に、行方不明になりました。それでご家族は警察に捜索願いを出しました」

「それはへんですね。たしかに何か月か、実家にいました。まちがいないです。モデルをやめたのでもどってきたのかと思っていました」

　主婦は、茶屋を真《ま》っ直《す》ぐに見て答えた。彼は主婦の記憶を信じることにして、また駅へもどった。

　電車が着くと、走っていく人がいた。電車は息を吐くように警笛を鳴らして、駅をはなれていった。

茶屋はタクシーに乗った。道の角で停《と》めて、秋吉家を張り込むことにした。

日はとっぷり暮れた。家々の窓から湯気がのぼっている。東の空に昇っていた円になりきっていない月が、斜め上へやってきた。流れる雲は月を隠した。

秋吉家の庭から車が出てきた。軽自動車だ。タクシーの横を通り過ぎた。女性が運転していた。さなえの妹の真智のようだ。タクシーはその車を尾行した。

軽自動車は川沿いの道路をくねくね曲がって駒《こま》ケ根《ね》市に移った。西を向いて坂道を登った。渓谷《けいこく》に沿う道路は暗くて、腹がよじれるほど曲がりくねった。深夜ではないが、暗い坂道を登って、いったいどこへいくつもりなのか。[かもしかの滝]という看板に小さな灯りが点いていた。

「その先にホテルがあります」

運転手がいった。すぐに灯りの点いた庭があって白っぽい建物が現われた。そこは[ホテル宝剣《ほうけん》]で、入口のライトが樹木に囲まれた庭を照らし、建物の窓には点々と灯が入っていた。

真智の運転する車は庭を通過して、ホテルの裏側へまわったようだ。彼女は夜間にどんな用事がホテルにあるのか。

茶屋はタクシーの車内から三十分ぐらい、ホテルの窓の灯を眺めていた。消える灯りもあった。

車のライトが庭を掃いて出てきた。真智の車だった。用事を終えて帰るにちがいないが、彼女の用事を茶屋は考えた。

茶屋はタクシーを降りた。このホテルに泊まることにした。彼が思いあたったのは、このホテルにさなえが勤めているのではということだった。

茶屋はきょう、さなえの実家を訪ねた。それは同家にとっては予想もしない重大なことだったのではないか。そのことと、真智が夜間にこのホテルを訪ねたこととは無関係ではないような気がする。昼間会った秋吉家の近所の主婦は、二年前、さなえはしばらく実家に滞在していたといった。東京に住んでいたがある事情から、行方不明になったことにしたらしい。

茶屋は、ホテル内の自販機で日本酒を買って、二階の部屋へ入った。広いベッドが毛布をかぶっていた。手を入れてみると暖かくなっていた。彼がこのホテルに泊まることにしたわけは、妹の真智の行動に関心を持ったからだ。東京から思いもかけない人が訪ねてきて、さなえに関することをきいた。そのことを真智は姉に伝えにきたような気がする。

茶屋は部屋の灯りを消して、窓辺にすわった。淡いライトを浴びている庭を見下ろしながら、カップ酒を舐《な》めていた。

黒い車が入ってきた。女性が降りた。運転していたのは男性で、庭の隅の駐車スペースへ車を置いた。

雲が散った。月は頭上近くに昇っていた。月光を浴びている樹木は、凍ったように身動きしなかった。

翌朝、窓辺に立つと、小さな駕籠《かご》を持った女性が庭に落ちた枯れ葉《かは》を拾っていた。わりに背の高い細身の人で、長い髪を後ろで結《ゆわ》えていた。茶屋は階段を駆け下りた。細い手で枯れ葉を拾った人の背中に声を掛けた。

女性がぴくりと肩を動かすと振り向いた。目が怯えていた。雑誌の写真で何度も見たことのある顔だ。

「秋吉さなえさんですね」

彼女は、片方の手を胸にあてて一歩退いた。

茶屋は名乗って、手が空いたらききたいことがあるといって、ケータイの番号の入っている名刺を渡した。

彼女は警戒する目をして小さくうなずいた。

朝食がすんだところへ、さなえが電話をよこした。従業員寮のキッチンでさなえと向き合うことができた。

「私はあなたと会ったことを、だれにもいわないので、私のきくことに答えてください」

　茶屋がいうと、彼女は彼の目をじっと見てから顎を引いた。

「二年前、あなたは、高浜敬三さんと親しくしていましたね」

　彼女は嗄《か》れたような声で、「はい」と答えた。

「高浜さんと会う約束をしていた日、あなたは彼と会ったのか、会わなかったのか、姿を消した。そして行方不明になった。それはどうしてですか」

　彼女は顔を伏せて五、六分なにもいわなかった。

「行方不明になったことにして、飯島の実家へ隠れていたんでしょ」

　彼女は「そうです」というように首を動かした。

「なぜそうしたのかを、話してくれませんか」

　彼は追及調にならないように気を遣った。

「高浜さんは、ナイフを手にした女性に刺されそうになりました。あとで知ったことですが、その女性は高浜さんのファンでした。高浜さんに好感を抱いていたそうです。ところが彼には、女性との好ましくない問題がいくつもあるのをその女性は知り、急に高浜敬三が憎くなったようです。……わたしはスキャンダラスな人とお付合いするのが嫌なので、彼とは会わないことにしました。わたしが彼にもう会わないことにするといっても、彼は追いかけてくることが分かったので、行方不明を偽装したのです」

「別れ話をすればよかったような気がしますが」

「彼が若い女性に襲われそうになった日の夜、彼は電話をくれました。その電話でわたしは、お別れしたいといいました。すると彼は、考え直せといって、わたしのいうことをきいてくれませんでした」

　それで、高浜から逃げることにしたのだと答えた。

「あなたは、行方不明を偽装したが、実家にいた。

近所の何人かはそれを知っていた」

「わたしが実家へもどったのは、東京を出てから何か月か経ってからです。わたしは北海道の知人の家に世話になっていました。このホテルに勤めたのは、三か月前からです」

さなえは、きれいな歯並みを見せて、細い声で語り、もう東京へはもどりたくないといった。

四章　無明長夜《むみょうじょうや》

1

二月半《なか》ば。突然春が訪れたような暖かい日の午前十一時過ぎ、ハルマキが、

「きょうのお昼は、なににしますか」

と茶屋のほうを向いた直後、思いがけない人が電話をよこした。秋田の唐木田文子だ。去年の十一月、沖縄の取材から帰ってくると、急病で倒れ、血を吐いて死んだ唐木田修吾の母親である。彼女からは去年の十一月末に、息子の葬儀の礼状をもらっていた。その手紙には、「修吾はやさしい子で、月に二、三回、電話をよこしていたし、セーターやシャツを送ってくれたこともあった」と書いてあった。

「わたしはいま、鎌倉におります」

秋田の人が鎌倉にとは。

「観光においでになったんですか」

「鎌倉に住むことにしたんです。素子さんの親しい方が鎌倉にいて、空《あ》き家《や》を持っていました。秋田の家は、買ってくださる方がいました。それで、東京の修吾の住んでいたところへ引っ越そうとも考えましたけど、素子さんに鎌倉で一緒に住まないかといわれました。秋田よりずっと暖かいし、海も山もあるし、食べ物もおいしいといわれました。……わたしはいったことのない土地でした。それで空き家を見せていただきました。山《やま》ノ内《うち》といって、建長寺という立派なお寺の近くで、家の横にきれいな水が流れている細い川があって、静かなところです」

建長寺は、鎌倉五山の筆頭だ。たしか近くに森林公園もあった。茶屋は四、五年前に建長寺を参った。地蔵菩薩《じぞうぼさつ》を拝《おが》むのが目的だったような気がす

る。唐門をくぐって、方丈に手を合わせた。法堂《はっとう》、三門を通り抜けて総門を出た。境内《けいだい》の奥では半僧坊《はんそうぼう》が腕を広げていた。建長寺の仏殿は、久能山《くのうさん》に建立《こんりゅう》された徳川家の霊屋《たまや》を移建したものという説明をきいた記憶がある。

「わたしは不勉強で、鎌倉を海に面した観光地としか知りませんでしたけど、神社やお寺が百五十もあるそうです。なぜそんなにたくさんあるのでしょうか」

　文子は、ただ漠然と鎌倉に住むことにしたのではないらしい。

「鎌倉には、権力者が多かったからのようです。権力を持った人というのは、自分を祭り上げて欲しいと希《ねが》っている。それで自らを供養《くよう》する目的で菩提寺《ぼだいじ》を造《つく》った。鎌倉幕府執権の北条《ほうじょう》氏。特に五代執権の北条時頼《ときより》が、臨済宗《りんざいしゅう》寺院を創建したのがはじまりで、後に武将といわれる人たちが、自分を祀《まつ》る寺を次つぎに建てるようになったと、なにかで読んだ憶《おぼ》えがあります」

　文子は茶屋に、ぜひとも新しく住む家を見にきてくれといった。

「素子さんは、どうしていますか」

「素子さんは、東京で勤めていた店を辞めて、鎌倉の料理屋さんに勤めることにしました。昼間だけ調理場で働く仕事だということです。……けさわたしが、きょうは茶屋さんに電話するといいましたら、よろしく伝えてくださいといっていましたし、ぜひ鎌倉へ遊びにおいでください、といっていました。素子さんはよく気が付くし、やさしいし、一緒にいると実の娘のような気がします」

　茶屋は、近日中に鎌倉の新居を訪ねるといった。

　彼は、鎌倉ときくと、ある人を思い出す。十八、九年前のことである。彼は大学で同級生だったKという女性を好きになっていて、北アルプス登山を誘い、二度、一緒に登った。北穂高《きたほたか》岳と燕岳《つばくろだけ》へである。Kは六月のある日、母親にせがまれて、鎌倉の明月院《めいげついん》へあじさいを見にいった。淡いブルーの花に見とれているうち、母親は石段につまずいたかして倒れた。ただ倒れただけでなく、胸と額《ひたい》を打った。どうやらめまいをもよおしたらしかった。鎌倉の病院へ収容されたが二日後、うわ言のようなことをいって、息を引き取った。Ｋは現実に起きたことが信じられなかったらしく、天井を向いて頭を掻《か》きむしり、病院の外へ駆け出し、走ってきた車に衝突されて即死した。

その人のことは茶屋の頭に澱《おり》のようにこびり付き、ときにより目を瞑《つむ》って手を合わせることがある。

茶屋は、Ｋのことも彼女の母親のこともめったな人には話していない。事務所のサヨコにもハルマキにも話したことはない。

唐木田文子から電話をもらった五日後、茶屋は鎌倉へ彼女に会いにいった。

彼は巨福山《こふくさん》建長寺を南側から眺《なが》めた。彼が立っているところは創建以前の寺地で、地獄谷《じごくだに》と呼ばれた処刑地だった。そこで果てなくてはならなかった人々の霊を弔《とむら》うために、地蔵菩薩を本尊にしたという説もある。

建長寺は深くて暗い山林を背負っている。そこは鳥や獣《けもの》の住処《すみか》である。近くには澄んだ流れの細い川があって、鮎《あゆ》の群れを見ることができる。

文子と柴山素子が住んでいる家は、板塀で囲まれていた。庭の中央部で、文子は落葉を燃やしていた。隣の林から枯葉が舞ってくるのだという。彼女は、古そうな綿入れのちゃんちゃんこを着ていた。秋田にいたときより頭が白くなった七十歳だ。

「鎌倉では焚火《たきび》は禁じられていると、素子さんにいわれましたけど、秋田で雪に囲まれた庭で焚火をしたのを、思い出して」

彼女は、ズックを履いた足でくすぶる枯葉を踏んだ。

「静かないい場所です」

「夜、寝床に入ると、小川の流れの音がきこえます」

部屋では、ガスストーブが燃えていた。素子が東京から持ってきたものだという。

「建長寺をお参りしましたか」

お茶を淹《い》れた文子にきいた。

「はい。立派なお寺でびっくりしました。ご本尊の大きさにも驚きました」

台座をふくめるとその高さは五メートルにもなる木造だ。

「茶屋さんがお見えになるので、素子さんは二時間ばかり早く帰ってくるそうです。勤めている料理屋さんで作ったものを持ってくるといっていました」

平屋だが四部屋あって、板敷きの台所も広かった。

「いちばん奥の部屋は八畳です」

文子はそういってふすまを開けた。


「わたしはこの部屋で、機織《はたお》りをしようと考えているんです。秋田では、隣の家の部屋を借りて機織りをしていました。その家へ手動の織機を置いてきましたので、送っていただくことにしました。昔は、たいていの家が自分で機を織って、それを着物に仕立てていたんです」

「手織りの反物《たんもの》。買う人がいるんじゃないでしょうか」

「わたしは、自分で織ったものを仕立てて、それを着るつもりです。……そうだ。男物を織って、茶屋さんに着ていただきましょう。それをお召しになって、鎌倉へ初詣でに」

彼女は思い付きを楽しんでいるようだ。

瓜実顔《うりざねがお》の素子が紙袋を二つ提《さ》げて帰ってきた。去年の十一月、唐木田修吾の遺骨を抱いて秋田へ向かうときの素子は、この先、生きていけるだろうかと思うほどやつれていたが、きょうの彼女の肌には艶《つや》がある。声にも張りがあって、身動きも軽そうだ。

彼女はテーブルに店から持ってきた料理を並べたり、小皿に盛り分けたりした。いくつか器も店から借りてきたという。

料理が並びはじめると、ただ見ているだけだった文子が首を伸ばして、器のなかのものをきいた。

「これは、寒鯖《かんさば》のみぞれ蒸し。これは蛤《はまぐり》と葱《ねぎ》と若布《わかめ》の急須蒸し。それから、長芋塩焼きと寒引きの鮭《さけ》」

「おいしそうだし、きれい」

文子は、並べられた料理を拝むように手を合わせた。

素子が最後にテーブルに置いたのは、サラダの海苔《のり》巻きだった。

茶屋は素子から酒を注《つ》がれた。茶屋が銚子《ちょうし》を持つと、素子は、

「少し」

といって、両手で酒を受けた。

文子は、「おいしい。おいしい」といって箸《はし》をつけた。倉市《くらいち》の料理を初めて食べたといった倉市は、素子が勤めている料理屋だ。

素子は、小皿に蛤をのせて食べかけたが、急に箸を置いて左手を目にあてた。唐木田の顔でも目に浮かんだのではないか。文子は素子をちらりと見たが、なにもいわなかった。

三人は料理を食べ終えた。日本酒が効《き》いてきたのか、茶屋は眠くなった。その顔を読んだらしい文子が、奥の間に布団が敷いてあるといった。


茶屋は酒に酔い、不覚にも他人の家、しかも女性二人の住まいであるのを忘れて寝込んでしまい、朝六時に腕の時計を見て、はね起きた。寝床で五、六分、目をこすっていたが、小さな物音をきいて、ズボンを穿《は》いた。

物音は台所からで、そっとふすまを開けると、文子がキッチンで背中を向けていた。

彼女が振り向いた。

「よくお寝《やす》みになれましたか」

茶屋は、いつ寝たのかを憶えていないといった。

「お仕事が忙しいので、疲れておいでになっていたのでしょう。修吾もよく、わたしと話しているうちに目を瞑ることがありました」

素子は玄関から外へ出ていき、手足を伸ばしていた。細いからだを右に左に曲げたあと、両手を腰にあてて庭を出ていった。

「素子さんは、毎朝、マラソンをしているんです。三十分ばかり走ってもどってきます」

茶屋は、不精髭《ぶしょうひげ》の伸びた顎《あご》を撫《な》でた。

三人での朝食は午前八時に終わった。素子は顔と服装をととのえるのか、二十分ほど部屋にこもっていたが、大きめの布袋に、昨夜使った食器を入れると、

「茶屋さんは、ゆっくりなさって」

と笑顔を向けてから腰を折って出ていった。薄く化粧した小さめの顔に冬の朝陽《あさひ》があたっていた。

2

茶屋は、桐谷沙希の家族が円覚寺の近くに住んでいるのを思い出した。円覚寺は建長寺の北西一キロぐらいのところだ。そこには沙希の母と妹が住んでいる。彼は去年の十一月に沙希の家族に会いにいった。

沙希は高浜敬三と親しくしていた。その沙希が高浜と会うことにしていたのに、二人で決めていた場所へあらわれなかった。

彼女はイラストレーターで、都内世田谷区梅ヶ丘のマンションに住んでいた。

彼女は自宅を出て、高浜と会う約束の場所へ向かう途中で、何者かに拉致されたようだった。その彼女が行方不明から十日目の十一月十六日、茅ヶ崎市の相模川で遺体で見つかった。警察は他殺と断定した。

彼女の行方不明と殺害されたことについて、なにか心当たりはないかをきくために、茶屋は彼女の母と妹に会いにいったのだった。

母親は、「娘は事件に遭《あ》うようなことをしていたとは思えません」といったが、現実に事件に遭っていた。茶屋はその事件の背景を調べているうち、高浜とかかわりのあった人が、なんらかの事件に遭っていそうだと気付いた。

その一人が、モデルの秋吉純。本名さなえ。彼女はほぼ二年間、行方知れずになっていた。

茶屋は、秋吉さなえの行方不明を親たちはどうみているのかを知りたくなって、彼女の郷里である信州伊那へ出向いた。そして両親に会った。

両親は、さなえはどこにいったのか不明だといったが、正直に話していないと感じとった。彼女は南アルプス山麓《さんろく》のホテルの寮に住んで、そこに勤務していた。彼女は親しくしていた高浜から逃げたのだ。長く付合っているうち危険な目に遭いそうな予感がしたからだろう。桐谷沙希は高浜敬三と深い付合いをしていたようだ。それが悲惨な姿になる原因だったとも思われるので、茶屋は沙希の母親と妹に会いにいった。二人を訪ねたのは二度目だ。

沙希はあられも無い姿で発見されていた。それを知ったとき茶屋は、深い恨《うら》みのある者の犯行ではないかと感じた。

沙希の母親の苑子は、ミシンでなにかを縫っていた。ミシンの周りには赤や青やピンクの薄布が重ねられていた。茶屋は興味を持って薄布に注目した。

「舞台衣装なんです。いま縫っているのは、バレエの少女が舞台で着る衣装です」

彼女は以前からこの仕事を請けていて、注文が途切れたことがないといった。

「茅ヶ崎の警察の方が何度もおいでになって、過去に恨みをかうような出来事はなかったかときかれました。わたしの夫は二十年前に病気で亡くなって、以来わたしは二人の娘と一緒に、地味に真面目《まじめ》に暮らしてきました。人から恨まれるようなことをした覚えは、まったくありません。……茶屋さんは、沙希の事件は、沙希が高浜さんとお付合いしていたからではないかとおっしゃいましたが、高浜さんはだれかから恨まれていたのですか」

「高浜さんに特別な好意を持った人がいたとしたら……」

茶屋は漠然としたいいかたをした。

「高浜さんは有名な俳優だし、好意を持って近づこうとする人もいるようですね」

苑子《そのこ》は、週刊誌などで高浜の噂《うわさ》に関する記事を読んで、不快な思いをしているようだ。

茶屋は、瑞鹿山《ずいろくさん》円覚寺を参詣するといって、苑子に頭を下げた。

円覚寺は、臨済宗円覚寺派の大本山で、鎌倉五山第二位に位されている巨刹《きょさつ》だ。瑞鹿山という山号の由来は、無学祖元《むがくそげん》が仏殿開堂落慶《らっけい》の折、法話を聞こうとして白鹿《はくろく》が集まったという奇瑞《きずい》から、めでたい鹿のお山、とつけられたといわれている。

重層八脚の壮大な山門をくぐった。山門楼上には十一面観音菩薩《かんのんぼさつ》像を中心に諸像が安置されている。境内には、在家信者のための座禅道場である居士《こじ》林《りん》、修行僧の座禅道場があり、鎌倉で国宝に指定されている舎利殿《しゃりでん》がある。開基北条時宗《ときむね》は頭を丸めた像になっている。

茶屋は山門をくぐり抜けて、北鎌倉駅へ向かった。

次の日、茶屋は事務所でサヨコとハルマキに、鎌倉で馳走《ちそう》になった料理の旨《うま》かったことを話した。

「わたし、蛤なんか三年も食べていない」

サヨコだ。

「わたしも。今度鎌倉へいくとき、素子さんが勤めているお店へ連れていってください」

ハルマキは、よく食べるし、よく飲む女だ。

茶屋は二人に、文子と素子の暮らしぶりを話した。

「素子さんて、いくつなんですか」

サヨコがきいた。

「たしか三十一歳だと思う」

「素子さん、先生のことが好きなんじゃ」

茶屋は、そんな気配はないといった。

「秋田へ、一緒にいった人じゃないですか。唐木田さんのお骨を秋田のお母さんに届けることにしたとき、素子さんの頭には茶屋先生が浮かんだ。彼女は先生を尊敬しているし、力になってくれる人って思ってるのね、きっと」

茶屋はサヨコに、「勝手に決めるな」といった。

ドアが音もなく開いて、不機嫌そうな牧村が入ってきた。彼は、茶屋たち三人の顔を見てから、ソファへ腰を下ろした。きょうの彼はグレーのジャケットだ。ズボンは焦茶《こげちゃ》で、茶色の光った靴《くつ》を履《は》いている。

ハルマキが彼の前へいって、お茶かコーヒーかをきいた。

「お茶をください」

茶屋は、牧村の前へすわった。

「社長の病状はどうなの」

茶屋がきいた。

「持ち直しました。きのうの夕方、見舞ったんですが、私を見ると目を醒《さ》ましたような顔をして、やあと手を挙げました。一時は、危ないとみられていたが、顔には赤みがさしていて、起き上がれそうでした。医療の進歩です」

「それと、医師の努力だ」

茶屋がいうと、牧村はうなずき、ハルマキが出したお茶を一口飲み、

「二人ともきれいだね」

と、笑みを浮かべた。

「牧村さん、けさはどうしたんですか。熱でもあるんじゃないですか」

サヨコだ。牧村は自分の額に手をあてた。

デスクの電話が鳴った。サヨコが受話器を取り上げた。週刊モモコの編集部からだろうと思っていたら、

「キリタニさんとおっしゃる方からです」

鎌倉市の円覚寺近くの桐谷家からではないか。茶屋は、相模川で発見された桐谷沙希に関して、なにかが分かったのではないかと想像して、受話器を受け取った。

電話は、沙希の母の苑子だった。

「ゆうべ……」

彼女はいいかけて咽《むせ》たのか、小さな咳《せき》をした。

「花香は、松下尚行《まつしたなおゆき》さんという鎌倉市役所に勤めている方と、親しくしていました。その方とは結婚の約束もしていました。その松下さんが、ゆうべ、家へ帰る途中に、長谷《はせ》駅の近くで怪我《けが》をしました。暗がりから出てきた男の人に、後ろから首を切られ、腰を刺されたようなのです」

「それはただ事ではない。その方は重傷ですか」

「そのようです。倒れているのを、通りかかった人が見つけて、救急車を呼んでくださったということです。松下さんは、大船《おおふな》の中央病院へ運ばれました。わたしも花香もそのことをけさ早くに知りましたので、二人で病院へいきました。松下さんは眠っていました。その顔を見ただけで帰ってきました。……病院には、お母さんと妹さんがいました。詳しいことは分かっていません。病院には警察の方がきていて、わたしと花香は、松下さんとはどういう知り合いかをきかれました。……茶屋さんが沙希の事件に関心をお持ちだったのを思い出しましたので」

苑子は、苦しげな声で話した。不安なのだ。沙希の事件との関連を頭に描いたのかもしれなかった。

茶屋は電話を終えると、牧村の前へすわり直して、苑子のいったことを伝えた。

「桐谷沙希は、高浜敬三と交際していたが、高浜と会う約束をしていた日、約束の場所へあらわれなかった。何日か後、彼女は裸にされて相模川へ放り込

まれた。沙希が高浜と親しくしているのを恨んでいる者の犯行のようだ。が、沙希の妹と親しくしている男を刃物で襲った男がいる。果たして犯人は……」

牧村は腕組して首をひねった。

茶屋と牧村は、人を殺したくなるほどの深い恨みを想像してみた。

眠れなくなるほど。何も食いたくないほど。舌を噛《か》み切りたくなるほど。浴びるほど酒を飲みたくなる——

サヨコが突然、風を起こすように立ち上がった。目尻を吊り上げ、「人を殺したくなるって、そんな甘いもんじゃない」と、唾《つば》を飛ばした。一瞬、彼女が光った刃物をつかんで襲いかかってくるような空気が動いた。

松下尚行が襲われた事件は、夕刊に載った。刃物で切りつけた男の身長は一七〇センチあまりらしいという。松下が警察官の質問に加害者を見た記憶を話したのだろう。

茶屋は牧村と話し合って、あした鎌倉へ一緒にいくことにした。円覚寺近くの桐谷家を訪ね、花香と婚約していた松下尚行の日常などをきくつもりだ。

茶屋はなぜ松下が襲われたのかを考えた。彼は相模川で遺体となって発見された沙希の妹の婚約者だ。桐谷家に対する怨恨《えんこん》を秘めている者の犯行だとしたら、いずれ苑子も花香も危険な目に遭いそうな気がする。

3

茶屋は一緒に鎌倉へいく牧村が、ミカンのような色のジャケットを着てこないことを祈った。

その祈りは通じたらしく、けさの牧村は昨日と同じ服装で茶屋事務所へあらわれた。もしかしたら、昨夜は帰宅しなかったのではないかと疑ったが、ワイシャツの色だけが昨日とはちがっていた。

「おっ、車がきれいですね」

牧村が一歩下がって茶屋の車を眺めた。

「きのう、ハルマキが洗って、磨《みが》いてくれたんだ」

「ハルマキちゃんは、可愛《かわい》いし気遣《きづか》いがある。好きな人はいるんでしょうね」

「知らない。きいたことがない」

「美人のサヨコちゃんは、ときに冷たい顔をすることがある。二十五歳だから、そろそろって考えているでしょうね」

「結婚か。恋人がいるようすもないし、これまで付合った人がいたかどうかも、きいてない」

「先生がきかないからでしょ」

「そうかな。恋人らしい人からの電話を受けているのを、見たこともない」

「先生は、そっちの方面に疎《うと》いので、気が付かないんでしょ」

茶屋は牧村の横顔をにらんだ。

茶屋が運転して、大船から横須賀線に沿って走り、由比ケ浜に出て、相模湾を向いて深呼吸をした。葉山《はやま》方面から三艘《そう》のヨットが波を蹴《け》って江の島《しま》方面へ滑っていった。沖を黒い大型船が東へ向かっている。横浜か東京へ荷を下ろす船のようだ。

桐谷家の玄関へ声を掛けると、すぐに苑子が出てきた。きょうの彼女は仕事が手に付かないのではないか。膝が隠れる長さのスカートの裾に糸屑《いとくず》が付いていた。

茶屋は、花香はどうしているのかを苑子にきいた。

「休むわけにはいかないといって、会社へいきました」

花香は大船の製薬会社に勤めているという。北鎌倉駅から大船へ電車で通勤している。大船駅からは十分ほど歩く、と苑子がいった。

「その道中を、単独で歩かないことです」

茶屋がいうと、蒼《あお》い顔をした苑子はうなずいた。

「お二人は、これまでに、危険な目に遭ったことはありませんか」

「わたしと花香は、危険を感じたことはありませんが、沙希は車を運転していて、衝突されそうになったことがありました。相手の車は衝突寸前のところで止まり、バックして走り去ったと沙希はいっていました」

「それは、いつでしたか」

「去年の十一月半ばごろでした」

「相手の顔を見たでしょうね」

「帽子をかぶった、中年の男性のようだったといっていました」

その時の沙希には、男の車のナンバーを見る余裕はなかったようだ。

「沙希さんは、どんな車だったかを憶えていたでしょうね」

「たしか、オフホワイトの乗用車だったといっていたような気がします」

漠然とした記憶のようだが、茶屋はノートにメモした。

茶屋は、見知らぬ人から電話があったり、なにかききにきた人はいなかったかをきいた。

苑子は首をかしげて、不審を感じる人と接触した憶えはないと答えた。

「なぜわたしがそんなことをきくのかというと、沙希さんが遭った事件と、松下さんが遭った事件は、関連があるのではと思ったからです」

彼女も、あるいはと考えたことがあったのか、膝に置いた手をにぎりしめた。

「警察は、沙希さんの事件を懸命に調べているでしょうが、それについて、なにか知らせてきたことがありますか」

「ありません。花香は、お姉ちゃんは、女性関係の噂のある高浜さんとお付合いしていたから、あんな目に遭ったんだといっています」

「お母さんは、どんなふうに」

茶屋がきいた。

「わたしも、そんなふうに思わないことはありませんけど、高浜さんは、危険な目に遭ったことはないのでしょ」

「きいたことはありません」

苑子は何分かのあいだ下を向いていたが、なにかに気付いたように顔を上げた。

沙希があのようなひどい目に遭っているのに、高浜はそのことについて、電話をくれたこともないと、恨めしそうないいかたをした。そして、

「沙希があんな見苦しい姿にされたのは、高浜さんに対しての怨《うら》みのような気がします」

といって、唇を噛んだ。

「あなたは、高浜さんに会ったことがありますか」

唐突な質問だったからか、苑子は瞳《ひとみ》をくるりと動かして、首を横に振った。

「高浜さんは、テレビドラマで何度も観ていましたし、雑誌に載っている写真を見たこともあります。ドラマでは、恐《こわ》い顔をする役が多いようですね」

高浜は、犯人を追いかける刑事の役も、逆に極悪非道な犯人を演じたこともある。

「高浜さんと比べたら沙希は、ただの小娘です。ただの小娘が、有名な俳優と親しくしていた。世間には沙希のことを、生意気な女と見ていた人もいたんじゃないでしょうか」

苑子の悔しそうないいかたに、茶屋と牧村はうなずいただけだった。

茶屋はノートを開いて、しばらく黙っていたが、

「桐谷さんは以前、箱根湯本にお住まいになっていましたね」

といった。すると苑子は、とまどったような表情をしてから、顔を伏せた。いかにも不快なことをきく男だといっているようだった。その表情の変化の理由はすぐに分かった。

二十年ほど前の初夏の夜のことである。桐谷家は「いなほ堂」という食器やみやげ物を扱う店をやっていた。その住まいと店は同じ場所だった。真夜中

にその家へドロボウが入った。苑子の舅《しゅうと》の福松が物音に気付いて起き上がった。すぐに夜盗だと気付いたので、床の間に飾ってあった日本刀の鞘《さや》をはらって、現金の在り処でもさがしていたらしい男の背中を斜めに斬った。斬られた男は、多量出血で死亡した。

苑子が不快な表情をしたのは、茶屋がその事件を指しているとみたからにちがいない。

桐谷家は事件の後、しばらくしてから店を閉めて転居したのだった。福松は刑務所へ送られたが、衰弱して獄死した。福松には政友という息子がいた。苑子の夫である。その人は病気がちになり、三十三歳の若さで死亡した。苑子は幼い沙希と花香を抱えて、箱根を去っていったのだった。

茶屋と牧村は、苑子の不快げな表情を背中に感じながら桐谷家を出ると、鎌倉市内長谷の松下尚行の自宅を訪ねた。長谷駅から徒歩七、八分の古そうな木造の二階屋で、玄関の前には茶色の柴犬《しばいぬ》が長い綱につながれていた。犬は前脚を上げて茶屋たちを歓迎したが、家からはだれも出てこなかった。

茶屋の声をきいたらしい隣家の老人が窓を開けて、

「松下さんの奥さんは、病院へいっていますよ」

といった。尚行が収容されている病院のことらしい。

頭に数本しか髪が残っていない老人は、茶屋と牧村を見て、新聞社の人かときいた。茶屋は老人がなにかを知っているらしいので、窓に近寄って名乗った。

「尚行さんは、頭の良い息子で、国立大学を出て、市役所に就職したんです。おとなしくて、腰の低い息子です」

老人はいった。

「尚行さんは、事件に遭いましたが、容態はどんなでしょうか」

「深手を負って、重傷だときいています。お母さんは病院へいったきりです。尚行さんは刃物で切られたり刺されたりしたということですが、事件に遭うような人じゃないのに」

「松下さんのお父さんは、会社にお勤めの方ですか」

「横浜の造船会社に勤めています。きょうは会社へいったかどうか」

老人は額の皺《しわ》を深くした。

尚行には若葉《わかば》という妹がいる。彼女は鎌倉市内の有名菓子店に勤めているという。

茶屋と牧村は車にもどった。

「重傷を負った松下尚行は、事件に関係するような男じゃないらしい。彼は桐谷花香と婚約していた。松下は、花香の恋人だったんで被害に遭ったんじゃないかな」

牧村がいった。

「そうかもしれない。桐谷家の人たちが、何者かから深い恨みを持たれているということか」

「もしもそうだとしたら、母親の苑子も妹の花香も危険だな」

茶屋と牧村は、桐谷沙希が相模川で溺死体となって発見された経過を振り返った。

彼女は、俳優の高浜敬三と親しい間柄になっていた。昨年の十一月七日、二人は会う約束をしていたが、彼女は約束の場所へやってこなかった。それで高浜は彼女に電話した。するとその電話は通じなかった。

沙希は、世田谷区梅ヶ丘の自宅マンションを出ていた。高浜と会う約束の場所へ向かっていたと思われるが、その途中で、何者かに拉致されたらしい。

彼女は、十日後に茅ヶ崎市の相模川で、あられもない姿で発見された。強打されたり刃物で斬られたり刺されたりした痕跡がない点から、着衣を剝がされて、川へ突き落とされたようだった。

茶屋は、牧村の紹介を得て高浜敬三を知った。高浜は沙希の職業を知っていたし、事件に遭うような暮らしぶりをしている女性でないことも知っていた。

茶屋は高浜から、沙希の所在をさがすことを頼まれた。それでまず彼女が住んでいたマンションを見にいった。そのさい、マンション一階のメールボックスをのぞいた。そこには差出人名も宛先も手書きの封書が一通入っていた。メールボックスに手紙がはいっていたということは、沙希が高浜と会うために外出したあとに届いたということだろう。

後日、そのことを警察に話して、封書を開いた。中身はグレーの罫《けい》の白い便箋一枚で、細いペンの流れるような達筆が、「わたしは　あきらめない。ぜったいにやりとげる」

脅迫文であり挑戦状であった。

いまになって思えば、沙希は脅迫どおりに殺され、裸にされて冬の川へ放り込まれたのだった。

見えない敵からの脅迫文や挑戦状は沙希だけに向けられたものではと考えられていたが、花香の婚約者が悲惨な目に遭った。これはどうやら、沙希が殺害された事件と関連がありそうだ。沙希を殺した犯人の怨みの対象は彼女だけでなく、桐谷家全員に向いていそうな気がする。

茶屋と牧村は、苑子に会って松下尚行の容態をきくために大船の中央病院へ向かった。

以前大船には撮影所があって、数かずの名画を世に送り出したたし、名俳優を育てたことでも知られている。

白い建物の病院の駐車場へ車を入れようとしていたら、男が二人、引きつったような顔をして、とめてあった乗用車に飛び乗って出ていった。茶屋はその二人を見て、胸騒ぎを覚えた。

4

病院の受付で、入院中の松下尚行の病室を尋ねた。すると受付係の女性は、「ただいまお取込み中ですので、ご親族の方以外は」会えないといった。

「取り込み中とは……」

茶屋がきいた。女性は目尻を下げるようにして、

「患者さまは先ほど、お亡くなりになりました」

といい、ベルの鳴った電話に応えた。

「亡くなった」

茶屋は天井を向いてつぶやいた。牧村は口を開け、ジャケットのポケットに両手を突っ込んだ。

二人は、からだの力が抜けたような顔をして、待合室の椅子にすわっていた。

三十分ほどすると、桐谷苑子と花香がエレベーターから出てきた。二人は真っ赤な目をしてハンカチをにぎっていた。

茶屋は二人の前へ立った。「お気の毒に、残念な結果に」

花香は、茶屋の顔をちらりと見てからハンカチで顔を隠した。

茶屋は二人を椅子にすわらせ、お悔みを述べてから、

「松下さんは、犯人について、なにかいったでしょうか」

ときいた。

苑子は花香に顔を向けた。話を促《うなが》しているようだった。花香は、あらためてハンカチで目を拭《ぬぐ》うと、

「警察の方にも話しましたけど、松下さんを刃物で切りつけたのは男の人だといいました」

松下は昨夜、目を閉じたままうわ言のように喋《しやべ》ったという。付き添っていた花香は、彼の口に耳を近づけた。

「松下さんを切りつけた人は男で、大柄の人だったようです。松下さんは、背の高い男、背の高い男と

繰り返しました。それでわたしは、知っている人なのときました。彼にはわたしのいったことがきこえていたでしょうけど、背の高い男、といっただけでした」

「そのほかには、なにか……」

茶屋はきいた。

花香は目を瞑り首を横に振った。松下の意識は朦《もう》朧《ろう》としていたのだろう。無意識のうちに襲った男の印象が口を衝《つ》いて出たのにちがいない。しかし、背の高い男といった言葉は重要だ。犯人を特定するヒントのひとつになりそうである。

「あなたの身辺に、背の高い男性はいますか」

茶屋がきくと、彼女は前方を向いたまま、

「会社には背の高い男の人は何人もいます」

と答えた。彼女は鎌倉市内の雪ノ下《ゆきのした》製薬会社に勤めている。社員は約五十人だという。そのなかに松下尚行と交流のあった人がいるだろうか。

それを茶屋がきくと、

「きいたことがありませんので、いないと思います」

とも花香はいった。彼女は会社の同僚の顔を思い浮かべながら答えたようだった。

「あなたは、松下さんと結婚を約束していましたね」

「はい」

「それを知っている人は、何人もいますか」

「松下さんとお付合いしているのを、知っている人は三人か四人います。それは女性です」

花香はハンカチの端を嚙んだ。

茶屋は、質問の方向を変えた。松下は鎌倉市役所の職員だった。彼に好意を抱いていた女性はいただろうかときいた。

「さあ……」

彼女は遠いところを見るような目付きをした。

茶屋は、松下が最期《さいご》に口にしたという言葉を思い出した。松下の身長は一六五センチぐらいだという。彼から見て一七〇センチ以上の人はみな「背の高い人」なのではないか。

茶屋と牧村は、松下が襲われた現場を見にいった。

松下の自宅は、江ノ島電鉄の長谷駅から北へ徒歩七、八分のところで長谷観音《かんのん》の近くだという。事件現場は長谷駅と自宅の中間地点、国道を左に入ったところだ。夜は薄暗い道だろう。

二人がとめた車から降りると、背後から、

「牧村さん」

と声が掛かった。「週刊春秋《しゅんじゅう》」の美村貞夫《みむらさだお》記者だった。

「あっ、茶屋先生がご一緒でしたか」

丸顔小太りの美村が近寄ってきた。

きょうの午前中だが、事件現場の南の小川の岸辺の二か所で、血の付いたティッシュペーパーが警官によって拾われた。松下を刺した犯人が捨てたか、風にさらわれたかしたものにちがいない。それに付着していた血液は被害者のものだけとはいい切れない。犯行のさい加害者も怪我をし、その血液の付着も考えられることから、鑑定にまわされているだろう、と美村はいった。

被害者以外の血液が検出されたとしたらそれは加害者のものであることが考えられ、DNA鑑定が行われる。氏名までは不明だが加害者が特定されるだろう。

「茶屋先生は、市役所職員が襲われた事件に関心をお持ちになったんですか」

美村は一歩茶屋に近寄った。

「そうです」

「もしかしたら、被害者の松下尚行さんとお知り合いだったとか」

「知り合いではない」

「傷害事件は、毎日、どこかで起きています。松下さんの事件に注目なさったということは、本人と知り合いだったか、本人の関係者と知り合いで、その知り合いが事件にかかわった可能性が考えられるので、当事件に関心をお持ちになった」

美村は早口でいった。

「古都鎌倉で、凶悪事件が起き、被害者が亡くなった」

「えっ、松下さんは、亡くなられた……」

「そう。先ほど。これからという人材だったでしょうに。無念だった」

松下尚行の死亡は、まだ美村の耳には届いていなかったらしい。

茶屋と牧村は、事件現場をカメラに収めて車にもどった。

「イヤなやつに会ってしまった」

牧村がいった。

「イヤなやつなのか」

「茶屋先生が、鎌倉市で、市役所職員が災難に遭った事件を調べていた。事件の被害者とはどういう関係なのかを、美村はほじくりそうです。彼にはムジナという綽名《あだな》が付いています。なんでも、しつこく嗅《か》ぎまわることで知られている男なんです。……先生が松下尚行の事件に頭を突っ込んでいた。松下は製薬会社社員の桐谷花香と婚約をしていた。花香の姉は沙希で、去年の十一月、相模川で裸の遺体で発見された。……ひょっとすると美村は、沙希が高浜敬三と親密だったことをつかみそうな気がします。彼はあらためて高浜の素行をさぐるかもしれない」

牧村は前方を向いたまま額を険《けわ》しくした。

高浜の名が出たところで、茶屋は前から疑問に思っていた高浜の、ある病気のような症状を考えた。

――高浜は真夜中、真冬でも汗をかいて、怯《おび》えるような声を出して震えることがたびたびあったことを、妻であった長峰球子からきいた。彼女は気味の悪い思いをしていたらしく、精神科の医師に彼の症状を話した。相談を受けた医師は、「子どものときに恐い思いをした経験があるのでは」といったという。

「高浜さんは、俳優になってから、恐い夢を見るようになったんじゃないかな」

牧村は腕組していった。

「どうして、そう思う」

茶屋がきいた。

「高浜さんは、刑事や探偵の役も演《や》るが、何年か前は、犯人の役が多かった。私が憶えているのは、金融業の老婆《ろうば》の首をしめて殺す役だった。批評家は、迫真の演技といってほめていたけど、高浜さんは、二度と演りたくない役だといっていました。そういう嫌な役を押しつけられることに、恐怖のようなものを感じていたんじゃないかな」

茶屋は牧村のいうことを黙ってきいていたが、はっと気付いたことがあって、身震いのように頭を横に何度も振った。

高浜敬三は、恋人の桐谷沙希が約束の場所にあらわれないし、電話も通じない、と茶屋に相談にやってきた。茶屋は彼女の行き先をさがすために力をつくすことを約束した。

沙希は姿を消した十日後、相模川で全裸遺体となって発見された。その間、どこにいて、なにをしていたかは不明だった。

突然、茶屋の頭にひらめいたのは、高浜が茶屋に沙希の所在さがしを依頼したのは偽装であって、沙希がどうしていたかを、すべて承知していたのではということだった。つまりどこかに彼女を閉じ込め、何日かしてから彼女の着衣をはがし、冬の川へ突き落とした。それには協力者がいたかもしれない、と推測した。

もしもこの推測が当たっていたとしたら、高浜敬三は極悪非道な男ということになる。

茶屋は頭に浮かんだ推測を、牧村には話さなかった。牧村にとって高浜は、大事な友人なのだから非難するような言葉は避けることにした。

茶屋と牧村は、円覚寺近くの桐谷家を訪ねた。赤い目をした花香が出てきた。

ききたいことがあると茶屋がいうと、花香は母親を呼んだ。

茶屋たちは、苑子の仕事場をまたいで小振りの仏壇のある座敷へ招かれた。仏壇には真新しい沙希の位牌の奥に苑子の夫の位牌が、訪れる人をじっと見ているように置かれていた。

苑子はお茶を出すと、茶屋たちの正面にすわって、

「なぜ、不幸がつづくのでしょうか」

と、下を向いてつぶやいた。沙希と松下のことをいったのだった。

茶屋はしばらく口を閉じていたが、正面に並んだ苑子と花香の顔を見ながら、

「ひとつ気になることがあります」

といった。

苑子は顔を上げた。眉《まゆ》をぴくりと動かした。

「去年の十一月ですが、沙希さんが住んでいた梅ヶ丘のマンションに、一通の封書が届いていました」

茶屋がいった。

「知っています。警察で見せられました。警察は調べることがあるといってあずかっています」

「では、手紙の内容をご存じですね」

「はい。脅迫するようなことが、一言」

「私は、手紙の差出人になっている人に、会いにいきました。その人は自分が出したものではないといって、自分の筆跡を見せてくれて、悪質ないたずらだといいました。……いたずらに違いないが、何者かから脅迫される憶えがありますか」

「そんな、そんな憶えなんか、ありません」

苑子は、それまで見せたことがないような目つきをした。

5

茶屋は、高浜敬三を非難するような話を極力避けていたが、牧村のほうから、

「一連の事件の要因は、高浜にあるような気がしはじめた」

といわれた。桐谷沙希が遭った事件を指して、

「彼女が高浜と付合っているのが、憎くてしようがないやつがいた。その憎しみを沙希に向けた。それであのような、無惨《むざん》な殺しかたをしたんじゃないでしょうか」

冬の最中に、裸にして川に突き落としたことを、牧村はいっているのだった。

「そうだな。刃物で斬ったり突いたりするより、裸にして川へというのは、あまりに無惨だ」

茶屋は、下唇を突き出した。

「あのやりかたには、高浜に対する怒りがこもっているようじゃないですか。……私はここ何日かそれを考えているうち、高浜と親しくしているのは、危険なんじゃないかって思いはじめました」

「そうか、ある日の真夜中、外で車のタイヤの空気が抜けるような音をきいた人が、外へ出てみた。すると、ミカンの皮のような色の上着の男が、腹を轢《ひ》かれて仰向《あおむ》けに倒れていた、なんて、新聞に書かれるかもしれない」

茶屋がいうと、サヨコとハルマキはケラケラと笑った。牧村は急に白い目をして二人をにらみつけた。

「かつて高浜さんと親交のあった、モデルの秋吉純は、高浜さんと親しくしていると、いつかは災難が降りかかりそうだと感じて、一時、遠方へ避難していた。それは賢明なことだったと思う」

「そうか。じゃあ私は、彼と飲み食いするのを控えようかな」

牧村は真剣な顔をした。

三月に入って一週間もすると春らしい暖かい日が二日つづいた。ハルマキが、コーヒーを切らせたのでといって、渋谷ミヤシタパーク近くの店へ買いにいった。三十分ぐらいしてもどってきたが、彼女

は、不精髭が伸びて顔の下半分が黒く見える丸顔小太りの男と一緒に事務所へ入ってきた。

「お邪魔します」

といった男は、週刊春秋の美村貞夫記者。彼は茶色のショルダーバッグをソファへ落とすように置くと、事務所内を見まわして、

「いつもきれいにしていますね」

と、世辞のようなことをいい、パソコンの前から立ち上がったサヨコの顔をじっと見てから頭を下げた。茶屋の事務所に器量よしの女性がいることが不思議だといっているようだ。

茶屋が美村と会ったのは、桐谷花香の婚約者だった松下尚行が死亡した日であった。

茶屋は美村にソファをすすめた。

ハルマキが香りの立つコーヒーを出した。

「茶屋先生は、鎌倉の兵畑島三郎《ひょうはたしまさぶろう》という人が遭った交通事故をご存じですか」

美村はコーヒーの香りに鼻を動かした。

「兵畑、交通事故……。知りません」

「一昨日の夜のことですが、兵畑さんは鎌倉市浄《じょう》明寺《みょうじ》の県道で、ダンプカーに追突して、顔と胸に怪我をしました。ダンプカーは兵畑さんの車を追い越して前を走っていたが、急停車した。それで兵畑さんはブレーキを踏む間もないまま、ダンプカーに激突した。ダンプカーは、走って逃げてしまった」

故意の事故というより事件だ、と美村はいった。

「当然だが、兵畑という人は病院へ」

茶屋は、首を美村のほうへ突き出した。兵畑は胸を強く打っていて、まだ入院しているという。

「兵畑さんは、桐谷苑子さんの弟なんです。つまり苑子さんの実家の長男です。それで、沙希さんや松下さんの事件との関連を私は考えたんです」

「兵畑さんは、急停車したダンプカーのナンバーの一部でも憶えているでしょうか」

茶屋がきいた。

「私もそれを知りたくて、兵畑さんの入院先を訪ね

て、彼に会いましたけど、ナンバーは一字も憶えていないといっています」

桐谷沙希、彼女の妹の花香の婚約者の松下尚行、沙希の実家を継いでいる兵畑島三郎。茶屋は三人の名を書いてみた。

「兵畑さんの自宅は、どこですか」

美村にきいた。

「鎌倉市浄明寺で滑川の近くです。事件現場からは一キロぐらいのところです」

滑川は、鎌倉市の東を流れる吉沢川《よしざわがわ》と合流して西に流れて、市の中心街を通り抜け、細い河川を併《あわ》せて、相模湾の由比ケ浜に注いでいる。

「兵畑島三郎の事件は偶然でしょうか」

美村がいった。

「ダンプカーは、故意に急停車した。兵畑さんが乗用車を運転しているのを知ってやった事故、いや事件です。私は、桐谷家と関係のある人を狙っての犯行だとみます」

茶屋は断言した。

美村は、サヨコとハルマキのほうを向いて、

「ご馳走さまでした」

といって、茶色のバッグを抱えて事務所を出ていった。彼は、桐谷家に関する事件について、茶屋がなにを知っているかを嗅ぎにやってきたらしい。

茶屋は、事件に遭った桐谷家の関係者の三人の名前を見ていたが、思い付いたことがあって、外出の支度をした。

「これから、どこかへ……」

サヨコがきいた。

「鎌倉へいく。入院中の兵畑島三郎という人に会いたい」

「車でいくんですか」

「現地で走りまわることになるかもしれないから」

「ダンプカーの真後ろを、走らないでね」

茶屋は、車のキーをつかんだ。

兵畑島三郎の入院先は、鶴岡八幡宮の東側で、源

頼朝の墓の近くだった。ベージュ色の病院を見上げてから車が五、六台入っている駐車場へ車をとめた。

兵畑は六階の個室に入っていた。彼には春絵《はるえ》という妻が付き添っていた。

「ご主人の容態はいかがでしょうか」

茶屋が妻にきくと、

「お心遣いをいただきまして」

と、丁重に腰を折ってから、ときどき胸の痛みを訴えていると答えた。

茶屋はベッドに近寄った。面長の髭面《ひげづら》がゆがんでいた。顔か胸の痛みをこらえているらしい。

茶屋は兵畑から、走行中、前方を走っていたダンプカーが急停車したということだったが、その車の色や特徴をきくつもりだ。だが、苦しげな顔を見ていると、一言も質問する気になれなかった。

茶屋は、あらためて見舞うことにして、ベッド脇をはなれようとしたところへ、袖《そで》に皺の寄った紺《こん》のスーツの男が二人、病室へ入ってきた、茶屋はすぐに刑事だと気付いた。

四十代後半に見える刑事が、春絵に小さい声でなにかをきいていた。刑事は彼女の話にうなずいてから、はがきぐらいのサイズの写真を手にして、

「ご免《めん》なさいね、辛《つら》いでしょうが」

と、ベッドの島三郎の顔の上へ突き出した。

「あなたの前を走っていた車だと思うが、どうですか。見憶えがありますか」

ときいた。怪我人に対して刑事の質問は強引のようだったが、捜査を進めるためには必要な行為なのだろう。

島三郎は、光を放つような目を開けたが、痛みをこらえてか片方の目を瞑った。そしてまた両目を開けた。自分を鼓舞《こぶ》しているようだ。

刑事は写真を島三郎に近づけた。彼は、「そうだ。この車だ」と答えたらしい。

刑事は、後部に疵痕《きずあと》のある車の写真を春絵に見せ

た。

「このダンプカーは、藤沢市の境川《さかいがわ》川岸の工事現場から盗まれたんです。作業中だったのでキーを差し込んだままにしていたんです。ところがけさになって、工事現場近くで発見された。前の日に乗り逃げしたが、たぶん、目的をはたしたので、返したんだと思います」

刑事の説明は苦々しげだった。

茶屋は刑事が手にしている写真をのぞいた。ナンバープレートはひしゃげていた。「神奈川」という文字だけがかろうじて読めた。

「追突事故を起こさせるためだけに、いったん盗んだ」

茶屋がいった。

「他人の車を、犯罪に使った。犯人は、だれが運転していたかの証拠を残していないつもりだろうが……」

二人の刑事は歯ぎしりした。

五章　声なき警告

1

　茶屋は、円覚寺近くの桐谷家を訪ねた。玄関にはつっかけが二足そろえてあった。

　声を掛けるとすぐに苑子が出てきた。

「お仕事中だったんでしょ」

　茶屋が目を細めていった。

「はい。毎日、同じことを。でもきょうは、ドレスを着るモデルさんが、見えることになっているんです」

　舞台で着用するドレスを既製の物でなく、サイズを合わせた物を着たいのでといって、その寸法をとりにくるのだという。

「スタイルのいい人なんでしょうね」

　茶屋がいった。

「身長一七〇センチぐらいで、細いからだをしています。俳優としてテレビドラマにも出たことがある松野《まつの》みどりさんです」

　俳優ときいて、高浜敬三が頭に浮かんだが、黙っていた。

　苑子は茶屋を座敷へ通した。

　茶屋は、兵畑島三郎を病院へ見舞ったことを話した。苑子の弟である。島三郎は鎌倉市材木座の建築材料メーカーの専務だという。その会社へは大学を出て入社し、勤勉な性格を見込まれているらしい。

「わたしはきのう病院へいきました。島三郎は頭に包帯を巻かれて、痛々しそうでした。……春絵さんは、命に別状はないとお医者さんにいわれたといっていましたけど、頭を打っているのが心配です」

　加害車両のダンプカーは、盗まれた地点の近くで見つかったことを話した。

「島三郎に恨みでもある人の犯行でしょうか」

苑子は胸に手をあてていった。

「島三郎さんに、怪我《けが》を負わせるのが目的の犯行のようにもみえますが……」

「打ちどころによっては、島三郎は亡くなったかもしれません。彼は、わたしたちの知らないところで、だれかに恨まれていたのでしょうか」

彼女は蒼《あお》ざめた顔をして、鎌倉に住んでいるから災難に遭《あ》うような気がする、といった。

「そういうことはないと思いますけど」

茶屋は首をかしげた。

玄関で、「ごめんください」という女性の声がした。

来訪者は松野みどりだった。彼女はベージュのコートを腕に掛けていた。苑子がいったとおりすらりとした長身だった。茶屋は、テレビで観《み》たことがあるような気がした。

茶屋が名乗ると、

「週刊誌でよくお名前を目にします。山や川で起きた事件を調べていらっしゃるという記事を、読んだことがあります」

「それはどうも」

茶屋は、隣の部屋へ移った。苑子とみどりの笑い声をきいていた。

みどりは、三十分ぐらいで、「よろしくお願いします」と、明るくいって帰った。

「一年ぐらい前にも計りましたけど、もっと痩《や》せていました」

苑子はみどりのサイズのことをいった。

「ゆうべ、花香と話したことですけど、静岡県へ引っ越そうと思っています。清水《しみず》に知り合いがいるので、相談してみます」

苑子は合わせた手を顎《あご》にあてた。

「そうですね。ここの近所には、どこへいくとはいわず、夜間にでもひっそりと」

転居先が決まったら、なるべく早く実行すること
だと茶屋は助言をした。

苑子の家を出た茶屋は、建長寺近くに住んでいる唐木田文子に会いにいった。大寺院の裏山に棲《す》んでいるらしい鳥が五、六羽、白い雲の下で輪を描いていた。

庭へ一歩入ると、トントンという物を叩《たた》いているような音がきこえた。「ご免《めん》ください」と茶屋が声を掛けると、「どうぞなかへ」と女性がいった。

唐木田文子は手拭いをかぶって木槌《きづち》をにぎっていた。焦茶色の木の枠のなかへ首を突っ込んでいる。

「織機が届いたんですね」

茶屋がいったが、彼女は機織機の組立てに熱中していて、彼のほうを向こうともしなかった。彼は彼女が叩こうとしている十センチばかりの柱をつかんだ。

「しっかりおさえてて」

文子はそういって柄穴《ほぞあな》へ横木をはめ込んだ。


二人は一時間あまり、無言で作業をつづけた。

機織機はかたちを成した。

「助かった。茶屋さんはいいところへきてくれました」

文子は木槌を床へ置いた。織機の組立てが終ったら、どんな柄のものを織るかを考案すると、文子は楽しそうに話した。

「男物を織って、茶屋さんに袷《あわせ》を縫ってあげましょうか」

茶屋はうれしかったが、着る機会がないからと、手を横に振った。

糸はどこで仕入れるのかをきくと、

「素子さんに、ネットでさがしてもらいます」

といった。素子とは円満らしい。彼女は鎌倉市内の料理屋に勤めている。ときどき、「店の余り物」といって、料理を少し持ってくるという。

文子と素子は平穏な日を送っているが、桐谷苑子と花香は、小さな物音にも怯《おび》えるような暮らしをつ

づけているようだ。鎌倉で暮らしていることが間違っているように、周辺で身内の事件がつづいている。

苑子の弟の兵畑島三郎は、二週間、病院で手当てを受け、きょう退院できたと、苑子が茶屋に電話をよこした。

「顔のあちこちに痣《あざ》が残っていて、鬼のような顔をしています」

苑子は島三郎のことをいった。勤務先への出勤はもう少し先だろうという。

「転居先が決まりましたので、あした引っ越しをします」

彼女の声は小さかった。

「清水ですか」

「清水駅からわりに近い新富町《しんとみちょう》というところです。住宅がぎっしりと建て込んでいるところの一画で、二階建ての古い家です。東海道線と静鉄《しずてつ》の線路が並んでいます。たぶん夜は、列車の音がきこえるんじゃないかと思います」

彼女は、鎌倉からはなれたくなかったらしく、話し声は寂しげだ。

「お手伝いにいきましょうか」

「いいえ、大丈夫です。島三郎の息子と娘がきてくれることになっていますので」

苑子は、引っ越しが終えたらまた電話をするといった。娘の花香は鎌倉市内の製薬会社に勤めていたが、そこを辞めるにちがいない。

五日後、苑子が電話をよこした。予定通り引っ越しを終え、落ち着いたところだという。

住み心地はどうか、と茶屋がきいた。

「三方を住宅に囲まれているので、狭苦しい感じですけど、近くに商店街があって、買い物には便利です。清水港の近くには、大きい市場がありました。きのう花香と一緒に市場を見にいきました。海を越えると三保《みほ》です。……お天気のいい日に、三保へいって、海越しに富士山を眺めようと思っています」

まるで難に遭うのを避けるために転居したことを、忘れたようないいかたをした。

花香は就職先をさがしているのかときくと、住まいを見つけてくれた人が、清水港の食品会社に勤めていて、その会社に勤めることに決まった。自宅から歩いていける距離だといった。

茶屋は、近いうちに新居を訪ねることにするといって電話を終えた。苑子と花香の生活《くらし》に災難が降りかからないことを祈ったが、彼の頭に去来するのは、沙希の哀《あわ》れな姿である。彼女を裸にして、冬の川に突き落とした者がいる。彼女のことが憎くてしょうがなかった者の犯行なのか、それとも桐谷家の人たちに深い恨《うら》みを抱いている者の仕業《しわざ》なのか。

茶屋は、サヨコとハルマキをデスクの前へ並べた。

「なんですか、急に、あらたまって。わたしたちをクビにしようとでも」

サヨコは目を光らせた。外を歩いていると振り返る人がいるほどの器量よしだが、目を吊《つ》り上げると怖い顔だ。

「静岡市の清水へ引っ越した、桐谷苑子さんと花香さんのことが気になってしかたがない」

「二人が事件に遭うんじゃないかって、心配してるのね」

サヨコだ。

「身内の人が次つぎに事件に遭った。女所帯の二人のスキをどこかで狙っている者がいるような気がする。……そこでだ」

茶屋は二人の顔をにらみながら拳をにぎった。

「どちらかが、しばらくのあいだ、桐谷家の新居へいって、じっとようすをうかがっていてくれないか」

「ガードマンね」

「そうだ。少しでもヘンだとか、おかしいと思ったことがあったら、連絡してくれ」

「分かりました。わたしがいきます」

普段はいくぶん眠たげな目をしているハルマキだったが、姿勢を正していった。

「家の周りをうろうろしているような者がいたら、すぐに警察に知らせる。それから二人が外出するときは、同行するように」

「花香さんは、会社へ出勤しますね」

「会社まで一緒にいく。帰りは迎えにいく」

ハルマキは、くるりと背中を向けると身支度をととのえはじめた。

茶屋は、苑子に電話した。警備のために、しばらくハルマキを同居させることを告げた。

「ありがとうございます。一人でも多いほうが」

茶屋は、ハルマキのことを、毎日、食欲旺盛《おうせい》な気さくな女性だから、気障《きざわ》りではないだろうといった。

「わたし、大食いの女みたい」

「酒は慎《つつし》むように」

ハルマキは鏡に向かうと、眉を描き直した。

肌着は現地で買うようにし、茶屋は旅費とはべつに現金を入れた封筒を持たせた。

ハルマキが事務所を出ていくと、飛び込むように牧村が入ってきた。彼は息を切らしていた。下唇を突き出すようにした不機嫌な顔だ。茶屋の顔を見ると、

「高浜が刺された」

と、息を吐くようにいった。

「刺された。重傷か」

茶屋は椅子から立ち上がった。サヨコもパソコンの前へ立った。

きょうは午前十一時から、西新宿の京急プラザホテルで、辰野小谷《たつのこたに》という作家が書いたベストセラー小説「霧氷荒野」映画化発表の記者会見がある。監督は今村恵介《いまむらけいすけ》。主演俳優は高浜敬三と並木愛《なみきあい》。

会見は午前十一時からはじまることになっていて、高浜は新調のスーツを着て、杉並区高円寺北の自宅を出て、環七通りでタクシーを拾おうとしていた。その彼の背後に見知らぬ男が忍び寄って、出刃包丁で腹を刺そうとした。気付いた高浜は右手で包丁を払い落そうとしたが、男は包丁を振りかざした。高浜は右腕と額を切られた。男は包丁を捨てて走り去った。それを目撃していた男女がいて、救急車を呼び、一一〇番した。

高浜は救急車で杉並区内の病院に収容された。彼は救急車内から牧村に電話したのだという。

「腕の傷は深いらしい。医師にしばらく安静にしているようにといわれ、ベッドに寝ている」

だが、警察官が病院へやってきて、ナイフを持って襲ってきた男の推定年齢や体格や服装などを、高浜にきいている。凶器の包丁はスーパーなどで売っているような物だという。

「犯人は、どんな男なの」

茶屋は牧村にきいた。

「三十代後半か四十歳ぐらいで、わりに体格のいい男だったらしい。黒い手袋をはめて、帽子をかぶって、黒っぽいジャンパーを着ていたと高浜はいっている」

「高浜さんは、その男と一言か二言、言葉を交わしただろうか」

「いや。なにもいわなかったらしい」

犯人は、高浜を殺そうとしたにちがいない。高浜の住所を知っていて、彼が出てくるのを待っていたのだろう。高浜に怪我を負わせ、凶器の包丁を現場に捨てて逃走したという。

2

高浜敬三が暴漢に襲われた事件は、新聞に大きく載った。映画発表の記者会見は中止になった。事件現場の地図を載せている新聞もあった。警察が発表したらしい犯人の特徴を報じている新聞もある。映画で主演を演じるはずの高浜は降板になった。

牧村は次の日の朝も茶屋の事務所へ顔を出した。

「高浜を襲った犯人と、桐谷沙希を裸にして相模川へ放り込んだ犯人は、同一人じゃないかと思いますが、茶屋先生はどうみていますか」

「桐谷沙希は高浜さんと親しくしていた。それを妬《ねた》んだやつが沙希を殺した。そうだとするとなんとなく犯人は女性のような気がする。だけど、裸にした点を考えると、男の犯行のようだ。犯人は、高浜さんと沙希の双方に恨みを抱いていた。沙希を殺すと今度は高浜さんを殺そうとした」

茶屋は剃《そ》り残しの髭《ひげ》を引っぱりながらノートをめくった。ノートには鎌倉市役所の職員だった松下尚行の事件と、ダンプカーに激突して大怪我を負った兵畑島三郎の事件も書かれている。

一連の事件の犯人は同一人だろうかと茶屋は考えた。桐谷沙希は高浜と親しい仲だった。それを妬んでいた者がいて、まず彼女を消した。その前から高浜を消そうと考えていたが、彼にはスキがなくて実行できないでいた。そのうちに高浜には輝かしい陽《ひ》があたるような晴れの日があるのを知った。それは三月二十四日で、彼の名をますます挙げるような、主演映画の制作発表日がやってきた。犯人はそのニュースを知った日から、包丁をつかんで騒ぐ血を抑えていたにちがいない。

茶屋が頭をひねっているのは、松下尚行と兵畑島三郎の事件だ。二人は高浜とはかかわりがなさそうだ。松下は桐谷花香の婚約者。兵畑は桐谷苑子の弟。つまり桐谷家と縁のある人だ。

牧村は、サヨコにも、高浜を襲った男がどういう筋の人間か、殺害しようとした動機はなにかをきいてみた。

「高浜さんの知り合いか、遠縁の人じゃないかって気がするんです。高浜さんが有名になったのをよろこんで、近づこうとした。ところが高浜さんは話し相手にもなってくれなかった。それが悔しくて、悔しくて仕方がなかった」

サヨコは、パソコンの画面を向いたまま答えた。

「そうか。そういうことってあるよね。おまえとはレベルが違うんだ、といわれた。畜生《ちくしょう》って思っただけじゃなくて、根に持った。……ある日、スーパーで買い物をしているとき、包丁が目に入った。それを手に取った瞬間、高浜の顔が浮かんだ。人を小バカにしたやつの顔だった」

牧村は、その男を見ているようないいかたをした。

「高浜さんは、信州の出身でしたね」

サヨコはそういって、首を左右にかたむけていた。もしかしたら、高浜の少年時代でも想像してみたのか、しばらく黙っていたが、

「わたし、ずっと前におばあちゃんからきいたことを思い出した」

サヨコは茶屋のほうを向いた。


「昔のことなんだけど、林《はやし》長二郎《ちょうじろう》とかっていう名の美男俳優がいて、その人、ファンの一人に刃物で顔を切られた。なぜ切ったのかっていうと、あまりの美男であることが憎かったらしいの。その俳優は名前がよくないっていって、たしか長谷川《はせがわ》一夫《かずお》という芸名に変えたんですって。……芸能人は熱狂的ファンには、気を遣っているらしい」

「そうか。茶屋先生はそういう目には遭いそうもないけど、私は気を付けよう」

牧村は真顔でいった。

サヨコは、「げえっ」といって口をふさいだ。


清水の桐谷家へ警護のためにいっているハルマキは、毎日、茶屋に電話をよこした。

「清水って、暖かいし、いいところです。きのうは、苑子さんと一緒に大きい市場へいって、魚を買いました。それを煮て、お夕飯に食べましたけど、おいしかった。魚は東京よりずっと安いんですよ」

ハルマキの電話をきいたサヨコは、「あいつ、また太るな」といった。

ハルマキは、日曜には弁当を持って、三保へいってくるつもりだという。

「おまえは清水へ、旨《うま》いものを食いにいったんじゃないぞ。歩いているときも、前後左右を注意して、怪しいと感じたら一一〇番することだ」

ハルマキは、「分かっています」といった。

茶屋は、怪我をした高浜を見舞いにいくことにした。杉並区高円寺北で、住宅街だ。車でナビを見ながら走ったが、その家の前へぴたりと着くことができた。木塀に囲まれた二階屋だ。門に表札は出ていなかった。インターホンを押したが、だれもいないらしく応答がない。インターホンの音は隣家にきこえたらしく、主婦らしい太った中年女性が玄関で、

「高浜さんは、お留守です。別荘へいっていらっしゃるのだと思います」

といった。高浜が別荘へいくことを、主婦に伝えたのだろう。

茶屋は、高浜の別荘はどこなのかを尋ねた。めったな人には教えられないと思ってか、主婦は茶屋の職業をきいた。

茶屋は主婦に名刺を渡した。主婦は名刺を見てから、

「茶屋次郎さんてもしかしたら」

と、首をかしげてから、本を書いている人ではないかときいた。

「はい。全国の山や川を舞台にした物語りを書いている者です」

「息子が買ってきた富士川の話を読みました」

茶屋は礼をいった。

「本を書いていらっしゃる茶屋さんが、俳優の高浜さんと……」

主婦は二人の間柄をきいた。

茶屋は、高浜とは親しい間柄だといい、怪我をしたのを知ったので、見舞いにきたのだと話した。

主婦の話で、高浜は現在独り暮らし。週に二、三回、六十代ぐらいのお手伝いの女性が通ってきていることが分かった。

「別荘は、鎌倉のなんとかいう有名なお寺の近くで、目の前が海岸だそうです。海遊びに使ってといわれてますけど、行ったことはありません。……お怪我が早く治るといいですね」

主婦は一瞬、顔を曇らせた。


茶屋は鎌倉へいくことにして、車の方向を変えた。

横浜市を越えたあたりから風が強くなった。逗子《ずし》市をまたいで国道一三四号を抜けると材木座だった。

高浜の自宅の隣の主婦は、別荘は有名な寺の近くらしいといった。それは光明寺《こうみょうじ》のことではないか。三祖然阿良忠《ねんなりょうちゅう》が執権北条経時《ほうじょうつねとき》の帰依を受けて鎌倉に住んで、天照山《てんしょうざん》・光明寺を開いた。この時を契機として関東以北に浄土宗が広まったといわれている。本堂は現存する木造建築物としては鎌倉で有数の規模を誇るという。

目の前が材木座海岸だときいたので、一軒一軒を見てまわった。わりに新しい檜《ひのき》の門の柱に「仰水《ぎょうすい》」という墨筆の表札の家があったので、インターホンのボタンを押した。男の声が応えた。

「高浜敬三さんの住まいですか」ときくと、そうだといわれたので、茶屋は名乗った。

門を開けたのは陽焼け顔の長身の青年だった。高浜はいるという。

先日、茶屋と高浜はいい合いをしたが、高浜はそれを忘れたように、微笑顔《びしょうがお》で茶屋を迎えた。

縁側に安楽椅子が向かい合っていた。朝は陽を浴びそうな造りである。

高浜は右腕にも包帯を巻いていて、額の中央には絆創膏《ばんそうこう》を貼っていた。腕の傷は深いのかをきくと、力を加えると痛むので、安静にしているといった。

高浜と茶屋は、安楽椅子で向かい合った。

長身の青年がコーヒーをいれてきた。ボディーガードだろう。高浜は青年を、「ケン」と呼んだ。地元の人だという。

事件直後、警察から何度も犯人についての質問を受けた。当然のことだが、

「うるさくなったので、ここへ避難したんです」

高浜は、白いカップのコーヒーを一口飲んだ。静養には持って来いの場所だと茶屋はほめてから、包丁をかざして襲った犯人がだれかの、心あたりがあるかをきいた。

「会ったことのない男だと思います」

「男の顔を見ましたか」

「見ました。いまもその顔を憶《おぼ》えています」

男の身長は一七〇センチぐらいで痩せぎす。長めの髪が額に垂れていた。

「不精 髭《ぶしょうひげ》が伸びているような黒い顔でした。服装は、黒っぽいジャンパーを着ていたようだったということしか、憶えていないという。

「これは失礼ないいかただと思いますが、あなたは、命を狙われていることに、気がついたことはありますか」

茶屋は高浜の顔をみつめてきいた。

「ありません。命を狙われていることに気がついていたら、外には出られないし、なにもできない。居所を人に知らせることも……」

高浜は目尻を吊り上げるような顔をした。

「しかし、あなたは、命を狙われた。犯人が近寄ってくるのに気づくのが遅かったら、あなたは腹か背中を刺されて……」

「うーん」

高浜は腕を組むと低く唸《うな》って天井を向いた。

「あなたは俳優になって、出世なさった。親族の方がたも、郷里の知り合いも、自慢する人になられた。だが、あなたのことが、新聞や雑誌に取り上げられて褒められたりするたびに、悔しい思いをして

いる人がいるような気がします。……今回映画になる［霧氷荒野］でも、主役か、目立つ役に選ばれるのではと期待していたが、声が掛からなかった俳優は何人かいそうな気がします。そういう人の顔を、思い浮かべてみたことはありませんか」

高浜は、かしげた顔を窓に向けた。額に絆創膏が貼られていなければ、眉の太い、きりりとした目鼻立ちの好男子だ。

「映画の出演者に選ばれず、悔しい思いをしている人は何人もいそうですが、私を傷付けようとまで考える人はめったにいないと思う。……私は事件に遭ってから、犯人のことをずっと考えている。犯人の男の動機は分からないけど、だれでもいいから殺してやろうと計画していたんじゃないだろうか。そこへたまたま、目立つ映画の制作発表があることを知った。主演が私で、私の住所を知っていた。それで、制作発表記者会見に向かう私を、張り込んでいた。その男は、ずっと前から私のことが嫌いだった」

高浜は、窓の外の一点をにらんで、独り言のようないいかたをした。

茶屋は高浜の推理を黙ってきいていたが、犯人像は高浜の見方とはちがうような気がした。なぜなら、彼が襲われる前に恋人の桐谷沙希が殺されていたからだ。犯人は、沙希が高浜といい間柄だったので、世間体の悪い方法で殺害した。高浜は恋人を失ったが、苦しそうでもないし、寂しそうでもないようにみえた。何日か、あるいは何か月かが過ぎれば、高浜には新しい恋人ができるかもしれなかった。沙希を殺した犯人は、そういう高浜が憎くてたまらなかったような気がする。

茶屋は、高浜から沙希が行方不明になったので、その行方をという相談を受けていた。なので、沙希が殺された事件に話を触れた。

「沙希は地味な仕事をしていたし、もの静かな人でした。私と知り合う前に、どんな人たちと交流があったのかは知りません」

高浜の声は低くなった。

「あなたは、沙希さんを殺した犯人が、どういう人間なのかを、考えたことがありましたか」

高浜は、当然、考えた、と小さな声で答えた。

3

「清水へいったハルマキは、昼間はなにをしているんだろう」

茶屋がサヨコに話し掛けた。

「ミシンで、ドレスを縫っているらしい。ゆうべ、電話でそういっていました」

苑子の仕事の手伝いをしているらしいという。

「あいつ、そんな器用なことができるのか」

茶屋がいった。

「ああら、先生、知らなかったんですか」

サヨコが振り向いた。

「なんだ……」

「ハルマキは、たまに変わったかたちのシャツやブラウスを着てるでしょ」

「よく見たことがない」

「たまには、従業員の着ている物を観察することです。ハルマキが着ているシャツのほとんどは、彼女の自作です」

「へえ、知らなかった」

「これからは、注意して見てあげてください」

「ご免ください」

男の太い声がして、北沢署の中条と水元刑事が事務所へ入ってきた。茶屋は二人をソファへ招いた。

若いほうの水元がバッグからB4サイズの用紙を二枚取り出して、茶屋の前へ置いた。

一枚は岐阜県下呂市の滝田美代子が、東京都世田谷区梅ヶ丘の桐谷沙希に宛てた手紙の封筒のコピー。もう一枚は京都市東山《ひがしやま》区本町《ほんまち》の泉元《いずみもと》和子《かずこ》という人が、東京都世田谷区赤堤《あかつつみ》の下村《しもむら》亜由《あゆ》という人に宛てた手紙の封筒のコピー。

二通の封筒の文字は同一人の手と思われるほどよく似ている。

この二通の文字がはたして同じ人の手によるものかを、専門家に鑑定してもらいたいといって、二人の刑事は訪れた。

「専門家は、石山拓墨先生です」

茶屋はそういって、二人の刑事を石山家へ案内することにした。

中条も水元も、書の先生に会うのは初めてだ、といった。

石山は、三人を赤黒い座卓のある座敷へ通した。

若い水元が、手紙の封筒をコピーした二枚を石山の前へ置いた。石山はメガネを掛けてコピーの黒い文字をじっと見ていたが、「これは、よく似ているが、別人です」

といって、ハネの部分の特徴に違いがあると説明した。つまり、下呂の滝田美代子名で、東京の桐谷沙希に宛てて脅迫の手紙を出した人物は依然として不明ということになった。

警察は、京都の泉元と東京の下村の素性を調べたが、二人とも、滝田美代子と桐谷沙希を知らなかった。たまたま、泉元の書く字が、桐谷沙希に宛てた手紙の文字に似ていたというだけであった。


清水へいったハルマキは、意外なものに興味を覚えたと電話でいった。東海道線を走る貨物列車を初めて見たようなことをいった。

先頭の機関車が、黒いハコをいくつもいくつもつなげて、京都か大阪か、あるいは九州へもいくらしい。逆に西のほうから東京へ向かうらしい黒いハコの列が、日に何度か通る。その列はとてつもなく長いものだと語った。

「あいつ、ヘンなものに興味を持って、線路に近づいて……」

サヨコは怪我を心配したようだった。

ハルマキは毎日、東海道線を走る貨物列車を眺めているのではない。苑子が請け負っている舞台衣装つくりを手伝っていて、その仕事も面白いといった。夕方になると苑子と一緒に市場へ食品を買いにいくのが日課になっているらしい。午後七時近くになると花香が帰宅して、夕食の支度をする。

「毎日のお夕飯がおいしくて、わたし、太りそうな気がするの」

ハルマキがサヨコに電話でいった。

「もう手遅れだと思う」

サヨコはいくぶん冷たい声でいった。

ハルマキが清水へいって十日になる。そろそろ飽きてきたのではないかと思っていたら、

「あしたの日曜はお天気もよさそうなので、お弁当を持って、三保へいくことにしました」

と、茶屋に電話をよこした。

「三保か。松原のずっと先の半島の先端は真崎《まさき》といって、灯台がある。東側の真崎海岸は海水浴場で、そこからは富士山が、海の上に浮いているように見える」

茶屋は、二、三年前にいった日を思い出した。

「苑子さんも花香さんも、まだ三保へはいったことがないので、楽しみだっていっています」

茶屋は、ハルマキに自分の任務を忘れるなといった。

ハルマキは、富士山を見たら写真をメールで送ると、楽しげないいかたをした。

茶屋は日曜日も事務所にいた。締め切り日が迫っている週刊誌への「旅の乳」という原稿を書いていた。旅先でであった旨いもののエッセイだ。

午後一時、ハルマキが撮った富士山の写真が送られてきた。きょうは天候に恵まれたのだ。雪化粧の富士山の左右に、握り飯のような格好の白い雲が浮いている。松籟《しょうらい》がきこえてきそうな松林で、三人が微笑んでいる写真も送られてきた。苑子と花香

は、沙希の事件などとうに忘れてしまったように笑っていた。

夜、帰り支度をしている茶屋にハルマキが電話をよこした。着る物を変えたいので、いったん自宅へ帰りたいという。茶屋は了解し、サヨコを清水へいかせることにした。

サヨコに電話でそれを伝えると、

「分かりました。あすの朝、なるべく早い列車で清水へいきます」

と楽しげないいかたをした。サヨコはハルマキより活発だ。意見もはっきり口にする。ハルマキは苑子と花香に気に入られていたようだが、個性が表に出ているようなサヨコは、はたしてどうだろうか。

ハルマキは、早朝の列車で清水を出てきたらしく、足立《あだち》区千住《せんじゅ》の自宅で身支度をして、昼少し前に事務所へ出勤した。

茶屋は苑子と花香を、どんな母娘《おやこ》だったかとハルマキにきいた。

「苑子さんは穏やかな人です。朝と晩、事件に遭った沙希さんのお位牌《いはい》に向かって手を合わせて、『どうか、何事も起こりませんように』とお祈りをしています」

「沙希さんの事件について、なにか話したことがあったか」

「一度だけ、沙希は高浜さんとお付合いをしていたので、あのような目に遭ったんだ。沙希は高望みをしない地味な女だったのに、人気のある俳優と親しくしていたので、それを羨《うらや》む人がいたにちがいない。世間知らずだったのよ、沙希は、って悔しそうにいっていました」

「高浜さんには離婚歴があったし、素行に問題がありそうな人というのを、沙希さんは知らなかったのだろうか」

「少しは知っていたと思います。離婚の原因が週刊誌に載ったこともあったのですから」

茶屋は、沙希の殺されかたを頭に浮かべた。彼女は、殴られたり、刃物で刺されたのではなかった。世間の話題になりそうな、いわば派手な殺されかたをしたのだった。

花香はどんな女性かを茶屋はきいた。

「服装は地味ですけど、明るい人です。台所に立っているときは、鼻歌をうたっていますし、お母さんとは、よくお話をしています。外国の映画を観るのが好きだそうで、古い映画のストーリーをわたしに話してくれました」

花香はどんな映画が好きなのかを、茶屋はハルマキにきいた。

ハルマキは、「ええと……」といって首をかしげたが、花香が好きだといった映画のタイトルをメモしたといって、ポケットノートを取り出した。

「『かくも長き不在』だといって、ストーリーを話してくれましたけど、わたしには退屈そうでした。もうひとつは『ドレッサー』。それは面白そうでした」

「どれも名作といわれている映画だ。テレビでやる機会があると思う」

夜七時。茶屋はペンを置いて、書いた原稿を読み直した。

ドアに小さなノックがあって、薄茶色のジャケットの袖が入ってきた。牧村だ。今夜の彼の顔は曇っていなかった。

「病院へ寄ってきた」

といって、ソファに落ちるようにすわった。

「社長の病状は……」

茶屋がきいた。

「きょうは話ができました。夕飯も旨かったといったので、だいぶ回復できたようです」

「それはよかった。あんたのクビもつながりそうだね」

「なんということを。私はクビになんか」

牧村がそういったところへ、茶屋の電話が鳴っ

た。清水市の苑子からだった。清水へはきょうから
サヨコがいっている。苑子にはなにか気に入らない
ことでもあったのではないか。
「サヨコさんのお料理のうまさには、感心しまし
た。たったいま、一口食べたところで、茶屋さんに
お礼の電話を差し上げていないことに気がつきまし
たので。……ハルマキさんはわたしの調理を黙って
見ているだけでしたけど、サヨコさんはわたしに、
仕事をつづけていてくださいといって、野菜を刻ん
だり、肉を炒《いた》めたり、スープをつくったり、その手
際のよさにはびっくりいたしました。それに味付け
が一流です」
茶屋はそれをきいてほっとした。ただ、サヨコが
出過ぎたことをいったりしなければいいがと、少し
ばかり気になった。
牧村は、特別用事があってきたのではない。しば
らく茶屋と一緒に歌舞伎町《かぶきちょう》のクラブへいっていない
ので、食事をして、一杯飲《や》りにと、指で輪をつくっ
た。
歌舞伎町のクラブの名は「チャーチル」だ。ママ
は身長一七〇センチぐらいで、体重は七〇キロ以上
だろう。そのぶよぶよっとした白いからだをキラキ
ラと光る柄の和服で包んでいる。ホステスは七、八
人いて、そのなかの「あざみ」というホステスに牧
村はぞっこんなのだ。彼女は脚が細くて長い。尻の
位置が日本人の標準より高い。歳は二十七とか二十
八といっているが、茶屋は三十の角を曲がっている
だろうとみている。
牧村は、ウィスキーの水割りを三杯ほど飲むと眠
気がさしてくるらしい。彼は骨ばったあざみの手を
にぎって、ひと眠りする。彼には中学生の女の子と
小学生の男の子がいるが、父親が赤い唇をした細い
女の手をにぎって、口を開けて居眠りしている姿を
見たら、家出を考えるのではないか。
この店には丹子《たんこ》という風変わりな名の二十四、五
歳のホステスがいる。声がハスキーだ。グリーンの

ドレスに包んだからだは細く、胸は薄い。珍しい名なので、自分で付けたのかと茶屋はきいたことがある。すると彼女は、父親が付けた本名だといった。

　丹子は北海道が好きで、毎年、夏には休みをもらって北海道旅行をしているという。北海道のどこが好きなのかをきくと、

「小樽《おたる》、函館《はこだて》、苫小牧《とまこまい》。それから、留萌《るもい》、滝川《たきかわ》、稚内《わっかない》」

　だと、どこかで聴いた歌の文句のようなことを答えた。

　彼女は、茶屋が女性サンデーに書いている「日本名川シリーズ」を毎回読んでいるといい、最上川《もがみがわ》、天竜川《てんりゅうがわ》、黒部川《くろべがわ》、釧路川《くしろがわ》などを挙げた。どうやら彼女には地名を憶える才能があるらしい。

4

　次の日の午前十一時少し前、牧村は、茶屋事務所のドアをノックもせずにやってきた。昨夜、茶屋は牧村に、歌舞伎町のチャーチルへ誘われたのだが、疲れていて頭痛がするといって断わった。それで牧村は茶屋の体調を気にして、見舞いにきたようでもあったが、彼のほうが疲れているような、肌に艶のない顔をして、ソファに落ちるようにすわった。

　ハルマキが、「コーヒーを召し上がりますか」ときくと、声を出さずに顎を引いた。昨夜は独りでチャーチルへいったのだろう。

「元気がないようだが、どうしたんだ。夫婦喧嘩《げんか》でもしたのか」

　茶屋は、ペンを置いて牧村の正面へ腰掛けた。

　牧村は二分ばかり目を瞑《つむ》っていた。目を開けると、「ショックだ」と吐き出すようないいかたをした。

「どうした。子どもになにかあったのか」

「きのうは、店にあざみがいなかった」

　声が小さい。

「休んでいた。彼女はからだの具合でも……」

「丹子がいうには、子どもができたらしい」

あざみは妊娠しているらしいという。それをきいて牧村は愕然《がくぜん》とし、めまいをもよおしたようだ。

「私は、きのうの午後八時まで、いっ時もあざみのことを忘れず、彼女になにを食べさせようか、どんな色の洋服が似合うかを考えつづけていた。その彼女が、他人の子を……」

彼は顎を横に動かした。歯ぎしりでもするつもりだったが、その力さえも失っているようだ。

「酒場の女性を好きになるのは、よくきく話だ。あんたはあざみに、『好きだ』っていったことがあったのか」

「あるよ。店へいくたびに、二、三回は、『愛している』って」

「あざみは、あんたから『愛している』っていわれるたびに、全身が粟立《あわだ》つのをこらえていたんじゃないか」

「な、なんということを。……彼女は握っている私の手に力を込めていた」

「あざみは、商売だからそうしていたんだ。あんたには奥さんも子どももいる。酒を飲んでいる二、三時間、恋人のふりをしていただけだ」

「いや、あざみは、そういう女じゃなかった。心底、おれのことだって……。もういい。あの店へは、もういかない。歌舞伎町へもいかない」

牧村はコーヒーを一口飲むと、カップを音をさせて置いた。風を起こすように立ち上がると、埃《ほこり》でも払うように胸と腰を叩いて、事務所を出ていった。

ハルマキは衝立《ついたて》の陰で、笑いをこらえていた。

「ずっと前のことだけど、牧村さんに誘われて、サヨコとわたしがカラオケバーへいったとき、牧村さんはサヨコの耳元へ顔を寄せて、『好きだよ』っていったらしい」

「軽い男だ」

茶屋は、牧村が出ていったドアに向かっていった。

「ハルマキは、プロポーズされたことがないのか」

「高校三年のとき、真っ黒に陽焼けした野球部の男子から、『好きだ』っていわれたことがありました」

「その男子とは……」

「わたしは、顔を赤くして、なんとなく恐くなって、走って逃げました」

「その男子は追いかけてこなかったのか」

「きませんでした。その人とは学校で出会うことがありましたけど、わたしに『好きだ』っていったのを忘れているみたいでした」

「社会人になってからは」

「一度もありません」

「密《ひそ》かに思いを抱いている人がいるかもしれないぞ」

「いないと思います」

ハルマキはそう答え。すぐに「きょうのお昼は、なににしますか」ときいた。


夕方、茶屋は思い付いて、材木座海岸の別荘に滞在しているはずの高浜に電話した。変わりはないかをきくつもりだった。電話には男の声が応えた。若い用心棒を同居させているのだ。

すぐに高浜に代わった。

「きょうは、来客が三組ありました」

高浜は、張りのある声でいった。

「三組も。どのような関係の方ですか」

「一組は杉並署の刑事。加害者についての心当たりを、根掘り葉掘りきかれました」

「加害者の目星はついていないのですね」

「そのようです。……一人の刑事は、失礼なことをいいました」

「失礼なこととは」

茶屋がきいた。

「桐谷沙希の事件に、私が関係しているんじゃないかって」

「ほう」

「神奈川県警の捜査本部には、どうやらそういう見方をしている捜査員がいるようです。……私が、沙希との関係を断ち切りたくなって、殺《や》ったんじゃないかって、疑っているらしい。見当違いもはなはだしい」

高浜は唾を飛ばしているようだ。

二組目の来訪者は週刊誌の記者だったという。

「記者は、刑事と同じで、私を刃物で切りつけた男の目星をききました。それが分かっていたら、私は警察に訴えています」

「しかしあなたは、生命を狙われました。これまでを振り返って、思い当たることがあったら、警察に相談することです。世の中には些細《ささい》なことで、人を妬んだり、恨んだりする者がいるんです」

三組目は、映画関係者で、「霧氷荒野」の主役は降ろされることになったが、別の作品に出てもらいたい。しかし体調が問題だし、俳優をつづける意思はどうかときかれたという。

「私は、顔を傷付けられたり、腕を切り落とされたわけじゃない。名前に疵《きず》は付いたけど、俳優はやめない、といいました」

高浜はそういってから、考えごとをしているようにしばらく黙っていたが、咳払《せきばら》いをすると、

「三年前ですが私は、映画で、金貸しをしている老婆の首を絞める役を演《や》りました」

「憶えています。『化粧した鬼』という映画でしたね」

「その場面が、あまりにもリアルだったので、私は悪役を演る役者といわれました。その映画が封切られて半年ぐらい経《た》った冬のある夜、北九州の小倉《こくら》で七十代の女性が、刃物で刺されて殺された。その女性は金持ちで、何人かに金を貸していた。その事件が起きると、映画の『化粧した鬼』の影響だと、新聞や雑誌に書かれた。当然ですが私は、『悪い奴《やつ》』といわれるようになってしまいました。私とはかか

わりのない人が、私を恨むような手紙やメールを、映画会社に送ったんです」

高浜は、会ったことも会話したこともない者から、恨まれているのかもしれない、といった。


小腹がすいたのですしでもつまもうと、歩いて五、六分の「すし貞《さだ》」へ入った。カウンターには、若い女性をはさんだ男二人の三人組がビールを注ぎ合っていた。壁ぎわのテーブル席では四十代見当の男女が向かい合って、ちらしずしを食べていた。女性の顔に見憶えがあった。茶屋はその女性の少し陽に焼けたような横顔をちらりと見て、カウンターの端にすわった。燗酒《かんざけ》をもらうと、

「イカ、イクラ、ウニ、アワビ」

を頼むと、白い帽子の板前は威勢のいい声を出して、握りはじめた。

向かい合ってあがりでちらしを食べている男女が気になり、どこで見たか会ったかした女性はだれだったかを思い出そうとした。

思い出した。作業衣を着てビルの清掃をしている女性だった。月に一度のわりで、事務室の隅ずみに掃除機を這《は》わせ、窓を拭いてゆく人だった。ハルマキが一度、「コーヒーを召し上がりますか」と声を掛けたことがあった。すると女性は、「いいえ、結構です」と断わった。やや小柄で、どこか寂しげな愁《うれ》い顔の人だ。向き合ってあがりを飲んでいる二人は、夫婦ではないように見えた。二人は小さい声で話していたが、男性が料金を払って店を出ていった。二人にとって、ちらしずしは贅沢《ぜいたく》だったのではないか。

牧村が電話をよこした。どこでなにをしているのかときいたので、渋谷ですしを食べているところだと答えた。

「すしなんか食ってないで、早くこっちへきてください」

「早くこっちとは、どこのことだ」

「銀座です。銀座八丁目の『ルンバ』。いいコがいるんです」

彼はすでに酔っているらしい。チャーチルのあざみが妊娠しているらしいときいたので、腰が抜けたか頭痛が治まらないので、もう歌舞伎町へは通わないことにしたのだろうか。

「旨いすしを食ってるのに、あんたの声をきいたら、酒もまずくなった」

「そんな、イクラの粒の数なんか数えてないで、早くきて。ルンバ、ルンバだよ」

茶屋はルンバという店を知っている。一年ほど前に牧村と一緒に飲みにいった。五十歳見当の美人ママとホステスが五、六人いるスナックだ。

腹の具合は中途半端だったが、茶屋はタクシーを飛ばした。彼がルンバに着くころ牧村は酔って眠っていそうな気がした。

ルンバはビルの二階だ。男の歌声が階段にまできこえていた。牧村は眠っていなかった。茶屋が入っていくと、牧村はまるで店長にでもなったように、両手を広げて迎えた。客は六、七人入っていて、サラリーマン風の若い男が歌をうたっていた。ママは茶屋を憶えていて、「ご活躍ですね」といって、ボックス席へ案内した。

牧村は、二十歳ぐらいの丸顔の小柄なホステスの手をにぎっていた。彼はどこの店でも女性の肌に触れたがる癖がある。

「牧村さん、さっき、わたしのホッペを舐《な》めたんですよ」

ミサコという名の彼女は、丸い頬《ほお》に指をあてた。

「そりゃ大変だ。彼が舐めたところは、あしたの朝は痣《あざ》になっている」

茶屋は真顔でいった。

「えっ、ほんとですか」

「ほんとだ。いままで彼に舐められた女性の顔は、皮がむけたり、変色したりで、きれいに治るまで店へは出られなかった。……彼の舌には蛇より強い毒がある。タコの墨よりも濃い毒だ」

「嫌だ。わたしもそんなふうになったら……」

「損害賠償と、店へ出られなかった期間の日当を請求することだね」

「先生。いい加減にしてください。このコは本気にしますよ」

牧村は、眠気がさしてきたのか、目をこすりながらいった。

5

サヨコを清水へいかせて十日になったので、またハルマキに交替させようかと茶屋は考えた。ハルマキもサヨコも、桐谷苑子、花香母娘に気に入られたようだった。二人にはなんの粗相もないという電話を苑子から受けていた。

「あしたから、また清水へいってもらいたいが、都合はどうか」

茶屋がハルマキにきいたところへ、サヨコが電話をよこした。そろそろ交代させてという電話だろうと思ったが、

「サヨコです」

と、名乗った彼女は声を詰まらせた。なにかあったな、と茶屋は直感し、受話器をにぎりしめた。

「さっき、会社から帰ってきたばかりの花香さんと一緒に、買い物に出掛けました」

彼女は自分を落着かせようとしてか言葉を切り、調子を変えて、

「花香さんが怪我をしました」

といった。

「怪我は、どんな」

「すぐ近くにクリニックがあったので、そこで手当てをしてもらっています」

きょうの清水は、夕方近くから風が強くなった。二人が薄暗い路地を抜け出ようとしたとき、サヨコより一歩後ろにいた花香が悲鳴を上げて道へ俯《うつぶ》せに

倒れた。なにが起きたのかサヨコには分からなかった。サヨコは唸っている花香を抱き起こそうとした。そのとき、花香の背中から出血していることに気付いた。救急車をと思ったところへ近所の男性が通りかかり、すぐ近くのクリニックへ担ぎ込んだ。花香の背中は血に染まっていた。何者かに斬られたか刺されたようであった。

サヨコは電話で苑子を呼んだ。血の気を失ったような顔の苑子に医師は、「銛《もり》のような尖《とが》った物で、何か所かを刺されている」といった。明らかに傷害事件なのだから、警察に訴えるようにといわれた。

花香の背中を刺した凶器が事件現場の近くで発見された。それは有刺鉄線をバレーボールぐらいの大きさに丸くしたものだった。たぶん犯人は厚い手袋をはめて、無数に針の付いたボールを花香の背中に投げつけたらしいということになった。

「いま、警察に知らせたので、一緒にいたわたしは事情をきかれると思います」

いつもは落ち着きのあるサヨコだったが、声を震わせた。用心のために桐谷家で寝泊まりしていたのに、なんの役にも立たなかったと、唇を嚙《か》んでいるようだ。

「犯人を見なかったんだな」

茶屋がきいた。

「見ていません。花香さんはわたしより一歩後ろにいたんです」

犯人は有刺鉄線のボールを持って尾《つ》けていたのだろう。男か女かも分からない、とサヨコはいった。犯人は何日も前から花香のスキを狙っていたのかもしれない。標的は花香だけだったとはかぎらない。

茶屋は翌朝、早起きして清水へ向かった。

午前十時に新富町の桐谷家に着いた。清水署の刑事が二人、寝床にすわっている花香に会っていた。

刑事は、昨年十一月中旬、茅ヶ崎市の相模川で遺体で発見された沙希の事件を知っていた。当然だろうが、昨夜、花香が遭った事件と沙希の事件との関連をにらんでいるようだった。二人の刑事は、苑子がいれたお茶に手を付けずに帰った。

花香は仰向けに寝ると背中が痛いのでといって、枕を抱えて腹這《はらば》いになった。背中の傷は七、八か所で浅いという。だが身動きすると痛むといって眉を寄せた。

「これまでに、だれかに後を尾けられていると感じたことは」

茶屋がきいた。

「わたしが気付かなかっただけなのか、怪しいと思った人を見たことはありませんでした」

「あなたとサヨコは、薄暗い路地を歩いていた。二人のうち、どちらがあなたかを犯人は知っていた。これまでに何度かあなたを見て、スキを狙っていたのだと思います。……それにしても有刺鉄線のボールとは。その凶器は犯人が造ったのではなく、どこかで拾ったか盗んできたんでしょう。それをあなたにぶつければ、ショックで死ぬと思ったかもしれない」

花香は腹這いのまま身震いした。

サヨコは茶屋の横で首を垂れていた。彼女も犯人を見なかったという。二人には犯人が男だったか女だったかも分からないようだ。

茶屋は腕組して天井を仰いだ。彼の目に移ったのは一通の白い封書だ。その封書は下呂市の滝田美代子名で、東京・世田谷区の桐谷沙希宛てに送られてきた。手紙の内容は短い脅迫文だった。その手紙を沙希は見ていなかった。手紙が沙希の住所のポストに入る前に、彼女は行方不明になっていた。彼女と手紙は行き違いになったわけだが、彼女がその手紙を読んでいたら、もしかしたら事件には巻き込まれなかったかもしれない。

茶屋は、犯人が使った凶器が有刺鉄線だったことをあらためて考えた。彼女はセーターを着ていたので、背中を刺した傷は比較的浅かった。もしも真夏にやられていたら、針は深く刺さっただろう。犯人はなぜ有刺鉄線で花香を襲ったのか。いたずらというより、刃物で刺し殺す度胸がなかったからか。

「わたしたちは、世間で目立たないようにと地味な暮らしをしているのに、どこのだれが、なにを恨んでいるのでしょうか」

苑子は、腹這って、ときどき唸り声を出している花香を見ながら、両頬に手をやった。むごい殺されかたをした沙希を目の裡《うち》に浮かべたようだ。

サヨコは無傷だったがショックを受けてか、いつもより口数が少ない。その表情を見た茶屋は、ハルマキを清水へ呼び、サヨコを車に乗せて東京へもどることにした。

「あの家族は、何者かに恨まれている。犯人は、皆殺しを考えているのかも」

茶屋はハンドルをにぎっていった。

「皆殺し……。次は苑子さんが狙われる危険性があるっていうことですか」

助手席のサヨコは、左側の窓に映った富士山を見ながらいった。

「殺さないまでも、怪我をさせるか、どこかへ連れていって、監禁でもするか」

「岐阜県下呂市の住所で沙希さん宛てに脅迫の手紙を送った人がいた。その人が、沙希さんを殺し、花香さんに怪我を……」

サヨコが独り言のようにいった。

茶屋は前方をにらんでいたが、ひとつ気付いたことがあった。

下呂市の滝田名で桐谷沙希に送った手紙の文字を見た書家で筆跡鑑定家の石山拓墨は、手紙の字は女性の手によるものだといった。

だが、沙希を裸にして川へ放り込んだ犯人は男のようだ。警察も男性の犯行とにらんでいるようだ。

では、有刺鉄線のボールを花香の背中に投げつけた犯人は、男か女か。茶屋は男の犯行とみている。

女性が脅迫文で脅しておいて、凶行を実行したのは男性。すると少なくとも犯人は二人いることになりそうだ。夫婦なのか兄妹《きょうだい》なのか。

「二月の夜でしたか、花香さんの婚約者が、鎌倉の長谷駅の近くで、男に刃物で刺されましたね」

サヨコが思い出した。

「そうだった。松下という市役所の職員だったが、気の毒に、刺された怪我がもとで亡くなった。……それから、苑子さんの弟の兵畑さんが、ダンプカーに追突して大怪我を負った。ダンプカーは、故意に急停車したらしかった」

桐谷苑子と花香は、なんらかのかたちで生命を狙われているのを感じ取ったので、近所の家へ、どこへ引っ越すともいわずに清水市へ転居した。花香が被《こうむ》った事件が、それまでの一連の事件と関係しているとしたら、今度は苑子の身に重大な被害が及びそうだ。

苑子と花香は、なんらかの危害に遭いそうだと感じていたので、夜逃げのような格好で転居したのに、敵は転居先をつかんでいたらしい。もしかしたら敵は、苑子の仕事の関係先から、清水市にいるという情報をつかんだことも考えられる。

夕方、サヨコと交代で清水の桐谷家へいったハルマキが電話をよこした。

「苑子さんは、親戚や知り合いも何人かいる鎌倉へ、もどりたいといっています」

「それは分かるが……」

茶屋は、サヨコがいれたお茶を一口ふくんだ。鎌倉へもどったとしても、親戚や知人が四六時中見張ってくれることは考えられない。苑子と花香はどこに住んでも、敵は二人を追ってきそうな気がする。

「これまで、身内や関係者が被害に遭ったことを、包み隠さず警察に話す。そうすれば警察は、いつかは苑子さんも被害に遭う可能性が考えられると受け取るだろう。……警察は苑子さんと花香さんの警備にあたると思う。パトカーを家に横づけしておくかも」

ハルマキは茶屋の意見をきくと、電話を苑子に代わった。

茶屋は苑子に、警察を嫌わず、じっくり話してみることだといった。彼女は、彼の話をきき終えると、あすの朝、清水署へ相談にいくことにするといった。茶屋は、「いままでの出来事と事件を、隠さず話すことです」と強調した。苑子は、「はい。そうします」と返事をしたが、なぜかその声は茶屋には小さくきこえた。

六章　旅人

1

　茶屋は、桐谷苑子を観察するため清水へいった。

　花香は会社を休んでいた。寝床に腹這《はらば》いになって、本を読んだりスマホで遊んだりしているという。

「背中の疵《きず》は痛みますか」

　茶屋が花香にきいた。

「寝返りをうつと痛みます。夜中に何度も目を醒《さ》ますんです。……わたし、なぜこんな目に遭《あ》ったんでしょうか」

　彼女は起き上がると、茶屋の目をのぞくような表情をした。彼女は婚約者の松下尚行を喪《うしな》っている。彼女の質問には松下が殺害された訳も含まれているようだ。

　茶屋は、分からないというように首をかしげてから、苑子のほうを向いた。苑子はきのう清水署へ相談にいっている。その結果を知りたかった。

「清水署では有馬《ありま》さんという刑事課長と木戸《きど》さんという刑事に会いました。二人に沙希と松下さんが殺された事件、わたしの弟の兵畑島三郎がダンプカーに衝突した事故というか事件を詳しく話しました。お二人ともメモを取りながら熱心に話をきいてくださいました」

「あなたの話をきいた二人は、なにかいったでしょうね」

「係累を襲うのは恨みの線が強い証拠です。だれかに恨まれる覚えがあるかときかれました。……わたしたちは、地味な暮らしかたをしてきたし、間違ったことをした覚えもありませんと答えました。本当ですから。課長の有馬さんは、沙希の日常生活を詳しくおききになりました。娘とは離れて暮らしていましたので、わたしと花香が知らない一面はあったと思います」

「沙希さんが、高浜敬三さんと親しくしていたことを、話しましたか」

「話しました。沙希からは高浜さんとのことはきいていませんでしたので、知らなかったといいました。二人の刑事さんは、なんとなく高浜さんに関心を持っていたようでした。高浜さんは一か月ぐらい前、東京で事件に遭っています。そのことについて二人は小さい声で話し合っていました」

茶屋は首をかしげた。桐谷家とその関係者が被《こうむ》った事件は、高浜の今日までの生活《くらし》と出来事に関係があるのかを考えた。高浜と桐谷家とのつながりは、彼と沙希が親密だったということだけではないだろうか。

苑子の話をきいた警察は、苑子と花香の生活を見守るために、日に何度もパトカーを家の前や横にとめている。そして外から警官が、「異状はないか」をきいている。茶屋が同家を訪ねようとして車をとめたときは、警官に、「用事はなにか」をきかれた。

花香は、あしたから会社へ出勤することを警察に告げた。すると往復の道を、パトカーが送ることにするという回答があったという。


鎌倉へくると茶屋には会いたい人がいる。建長寺の近くに住んでいる唐木田文子だ。

車をとめると塀のなかからの小さい物音をきいた。それは文子が操っている織機の音だ。彼女は七十歳だが丈夫である。いままで何日間も寝込むような病気をしたことがないといっている。

茶屋が外から声を掛けると、織機の音がやんだ。彼はガラス戸を開けて首を差し込んだ。

きょうの文子はメガネを掛けていた。髪は半白だが顔の色艶はいい。

織っている布の幅は約三十センチ。曲尺《かねじやく》の幅なのだろう。近づいて見ると、黒と茶の糸のあいだに赤と金色が入っている。織り上がればしゃれた着物に仕立てられるだろう。

彼女は機を織りながら日に何度も、息子の修吾を思い出すといった。かつての母は、息子の着物を織ったことがあったにちがいない。

「お仕事をつづけてください」

手を休めた文子に茶屋がいうと、

「お茶を飲みたくなったので」

といって彼女は台所に立った。

「素子さんは、相変わらず料理屋の倉市に」

茶屋がきいた。

「ええ、休んだことがありません。店から帰ってくるとすぐに、お夕飯の支度をしてくれます。働くことを苦にしない人です。茶屋さんはこれから……」

文子は茶屋のスケジュールをきいた。

「一箇所、寄るところがあります」

「用事がおすみになったら、お夕飯を一緒に」

茶屋は素子に会いたかったが、立ち寄った先での用事がすぐにすむとは思えないので、といって、彼女の淹《い》れてくれたお茶を飲んで立ち上がった。文子と素子の日常は平穏だ。これが普通の人たちの営みなのではないか。

車にもどると、建長寺が背負っている裏山からは何羽もの烏《からす》が飛び出し、争いでも起こしたように上空を乱舞した。真っ逆さまに林へ落ちていく烏もいた。

建長寺から鶴岡八幡宮を左に見て、若宮大路を海へ向かって南下した。滑川を渡って材木座海岸に着いた。南の蒼《あお》い海には和賀江島《わかえじま》が浮いている。昔、そこには港があり、よく魚が揚がる豊穣《ほうじよう》の海に恵まれていたという。きょうの海は波静かだが、車窓へ入ってくる風は冷たかった。

茶屋は、高浜敬三の別荘の横へ車をとめた。

高浜は傷の手当てに医者へ通い、別荘では用心棒の男と将棋でも指しているのだろうか。

海を向いている門の正面でインターホンを押そうとしたら、まるで濡《ぬ》れ雑巾を重ねたような人が、門に寄りかかってうずくまっていた。近づいて見るとその人は女性で、額や頬に墨でも塗ったようなきたない顔をしていた。

茶屋は声を掛け、具合でも悪いのかときいた。ところがその女性はものをいわず、からだを起こしてあぐらをかいた。褪《さ》めた緑色の布袋を胸に抱いた。茶屋はしゃがんで、ここでなにをしているのかときいた。布袋はかなり古い物らしいし、汚れてもいる。

「からだの具合でも悪いなら、医者へ連れていってあげるが」

茶屋がいうと女性は鼻を横にこすって、

「かまわないでください。わたしはこの家に用事があってきたんですから」

と、汚れているような顔を起こした。

「この家に用事があったんなら、インターホンに呼び掛ければ」

「呼び掛けました。そうしたら、そんな者に用はないので、帰れっていわれたんです。わたしにはいくところがないので、ここにいたんです」

「この家は、高浜敬三という人の別荘です。どんな用事があって、どこからきたんですか」

彼女は、答えたくないというように首を横に振った。入れ歯でもなくした老婆《ろうば》のようでもある。

「他人の家の前にすわり込んでいたら、不審者とにらまれて警察へ連れていかれますよ」

彼女は、くたびれてものがいえないとでもいうふうに首を垂れた。

この人は何時間も食事を摂《と》っていないのではないかと思ったので、茶屋は車に乗るようにとすすめた。

彼女は茶屋をにらむように見てから、助手席へ乗った。どこからきたのかをきいたが、茶屋のいったことをきいていないように黙っていた。

東へ向かって走り、光明寺への矢印を見て左折したところで、中華料理の店を見つけた。

光明寺の本堂は、元禄《げんろく》十一年（一六九八）の建立で、現存する木造建築物としては鎌倉で有数の規模を誇る、となにかで読んだ記憶がある。

中華料理店へ入ると茶屋は、顔を洗うようにと彼女にいった。彼女は顔の汚れに気付いたらしく洗面所へ入った。店の女将《おかみ》らしい人がタオルを二本手にして、彼女が出てくるのを待っていた。

顔を洗った彼女は、目の大きい器量よしだった。女将は彼女の疲れていそうな顔を見ながら、乾いたタオルを、「お使いください」といって渡した。

茶屋は、チャーハンをオーダーした彼女を観察した。名前をきいた。

「牛山萌子《うしやまもえこ》と申します」

恥ずかしそうに俯《うつむ》いて名乗った彼女は三十代前半に見えた。つい三、四十分前までは泥田から這い出た疲れた蛙《かわず》のようだったが、食事ができると分かったからか、真正面を向いて頬をゆるめている。チャーハンが出てくるのを待ちきれないといっているように、グラスの水を二杯飲んだ。

茶屋もチャーハンを頼み、ギョーザを追加した。

彼女はチャーハンをきれいに食べた。ご飯粒をひとつも残さなかった。ギョーザを食べ終えると、胸と腹を撫《な》で、茶屋の顔をあらためて見てから頭を下げた。

空腹をこらえて高浜の別荘の前へ崩れるようにすわり込んでいたということは、手持ち現金が少ないからだろう。茶屋は彼女に、どこからきたのかをきいた。彼女はなにも答えず、目を伏せている。

「これから、どうするつもりなの」

茶屋は低い声で尋ねた。

「さっきのところへ、もどります」

高浜の別荘のことだ。

「あそこへもどっても、中へは入れてもらえないのでしょ。あなたと高浜さんは、どういう間柄なの」

彼女は返事をせず、俯いているだけだった。

「牛山さんといったね」

「はい」

「あなたは、信州の諏訪《すわ》の人では」

諏訪地方には、藤森《ふじもり》、宮坂《みやさか》、牛山姓が多いことを思い出した。

彼女は、痛いところを衝《つ》かれたとでもいうように、目を見開いてから俯いた。

「なにか困り事でもあるようですね。私で役に立つことがあるかもしれないので、事情を話してみてください」

「いいえ。ご飯をご馳走《ちそう》になっただけで十分です」

彼女は椅子を立とうとした。

男の客が二人入ってきた。彼女は二人の男に出口をふさがれたようにすわり直した。

「あなたは、諏訪から、いや、諏訪に住んでいるんですね」

彼女は声を出さずうなずいた。

「高浜さんに会うためにやってきたんですね」

そうですというふうに首を動かした。視線はテーブルを指している。

「高浜さんとは、知り合いだったんですか」

「いいえ。子どものころに会ったことがあったかもしれませんが、憶《おぼ》えていません」

「そういう人を訪ねることにした。訪ねて、インターホンに呼び掛けた。名前をいったら、そういう人は知らないといわれたし、用事はなにかさえもきいてもらえなかった。どうしてでしょう」

茶屋は首をかしげて、高浜敬三が別荘にいるのをどこで知ったのかをきいた。

彼女は両手を合わせると、指をもぞもぞと動かしていたが、高浜の東京・杉並区の住所を知っていたのでそこを訪ねた。その家へ声を掛けたが不在のようだった。すると隣家の主婦らしい人が、高浜は鎌倉市材木座の別荘にいるといってその住所を教えてくれたので、交通機関や道を何度もきいて、そこを訪ねたのだといった。

「高浜さんに会う目的はなんだったんですか」

彼女は下を向いて答えなかった。

茶屋は、グラスの水を飲んで彼女を観察していた。

「あなたは、高浜さんとお付合いしていたことがあったのでは」

「いいえ。雑誌で見たことはありましたけど、直接会ったことはないと思います」

そういう人にどんな用事があったのかを、茶屋はきいた。

牛山萌子と名乗った彼女は、両手の指を動かしているだけで、なにも答えなかった。高浜に用事があって訪ねたが、門前払いをくわされた。しかし、どうしても会わねばならない用事があるので、もう一度別荘へいくといっているようだ。

「分かりました。別荘まで送ります」

茶屋は食事の料金を払うと、彼女を車に乗せた。

日はとっぷりと暮れ、波音だけが風にのってきた。胸に手をあてて助手席に乗っていた彼女は、高浜の別荘の前に着くと、目を吊《つ》り上げるようにして車を降りた。車を振り返らず門の前へ立つと、インターホンを押した。

二言三言なにかを話したようだったが、片方の手をだらりと下ろした。四、五分、門をにらむように立っていたが、下唇を噛《か》んで茶屋の車にもどってきた。

「あなたは疲れている。今夜はホテルでゆっくり休むといい」

茶屋は、本覚寺《ほんがくじ》近くの白壁のホテルを思いついた。ホテル内には和食の店があった。

ホテルへいくときいた彼女は茶屋を警戒するのではと思ったが、胸に手をあてて黙っていた。

釈迦《しゃか》如来《にょらい》坐《ざ》像《ぞう》のあるお堂と呼ばれている建物の屋根のかたちは風変わりで印象的だ。

「きれいなホテル」

牛山萌子は白い建物を見上げていった。が、急に茶屋のほうを向いて、

「わたし、こんなきれいなホテルには泊まれません。お金が少ししかありませんので」

茶屋は、ホテルの料金のことなど気にしなくていいといった。が、彼女は不安げな表情をした。

茶屋は目を細めて、

「私はあなたにききたいことがある。高浜さんに関することもだ。お金のことなど気にしないで、私の取材に応えてください」

「取材といいますと……」

彼女は不安げな目を茶屋に向けた。

「私は高浜さんを知っている。だが最近になって彼に疑問を持つようになった。……彼は先日、大事な行事のある日、見知らぬ男に刃物で切られ、その怪《け》我《が》を治すために別荘に滞在しているんです。彼がなぜ大事な行事のある日に襲われたかを、私は知らなくてはならない。……あなたは、私の職業を知っていますか」

彼女は茶屋の顔をじっと見ながら、首を横に振った。

ホテルのロビーで茶屋はあらためて名乗り、世間からは旅行作家と呼ばれ、各地の山や川を訪ね、そこで暮らす人びとの日常や出来事を、雑誌などに書いていて、渋谷駅の近くに事務所を設けている、と話した。

「私は当然ですが高浜敬三さんの名を知っていた。テレビドラマでも何度も観《み》ていましたが、会ったことはなかった。……だが最近、親しくしている週刊誌の編集長から、高浜さんを紹介された。彼がお付合いしていた女性が、なんの予告もなく姿を消した。その女性になにがあったのか、なぜ姿を消したのかを調べてくれと依頼されたんです。……調べていくと、高浜さんについても、行方不明の女性についても解《げ》せないことがあった。そこで私は高浜さん

の過去に疑問を持つようになって、彼の出身地の下《しも》諏訪《すわ》へもいきました。そこで彼がどういう暮らしかたをしていたのかを知りました。その後、彼の過去を知っている人から、彼が俳優になるまでの経緯をきいたんです」

　牛山萠子は身動きせず、茶屋の目をにらむように見ていた。

「あなたは、下諏訪町の人では……」

　茶屋がきくと、彼女は、「はい」とうなずいた。

「では、下諏訪町の高浜製材所を知っていますね」

「そこに、父が勤めていました」

　彼女は身動きしないだけでなく、目を光らせた。

「お父さんは、何歳ですか」

「六十二歳です」

「現在も高浜製材所に勤めているのですか」

「三年前に、崩れた丸太の下敷きになって、大怪我をして、その後は働けなくなって、いまもほとんど寝ています」

「勤務中の怪我なら、それ相当の補償をしてもらっているのでは」

「補償を受けていますけど、それだけでは暮らしていけません。……わたしは岡谷市の毛織物会社に勤めていましたけど、二年前にそこを辞めて、父の世話をしています」

　彼女は額に皺《しわ》をつくった。

「お母さんは」

　彼女は口を閉じた。胸で組んでいる手に視線を落とした。黒い髪が額に垂れた。

「母は、急にいなくなりました」

「急にいなくなったとは……」

「父が寝込むようになってから、母は愚痴《ぐち》っぽくなり、しょっちゅう父といい合いをしていました。……二年前でした。台所にわたし宛ての置き手紙がありました」

「置き手紙……」

「家を出ていったんです。口うるさいタイプの父と一緒に暮らしているのが嫌になったのだと思います。母の実家は茅野《ちの》市で、そこには兄弟も親戚もありますけど、その人たちにもなんの知らせもしないようでした。……出ていった先は分かりません。そのうちに連絡があるだろうと思っていますけど」

彼女は額に皺をつくったまま首を横に振った。

「父は母と、しょっちゅういい争いをしていましたけど、母がいなくなると父は寂しさが募《つの》るのか、すっかり老け込んで、一日中猫を抱いて、テレビも観ずにぼんやりしています」

茶屋は、薄陽《うすび》のあたる縁側で、猫を膝にのせてぼんやりと外を眺めている老人の姿を想像した。

「あなたは、高浜さんの住所を前から知っていたのですか」

「いいえ、父に教えられました」

「お父さんは、どうして高浜さんの住所を知っていたのでしょう」

萌子は、分からないというように首をかしげた。

茶屋は、高浜にどんな用事があって上京したのかをきいた。

「父はわたしに、高浜敬三に会ったら、『下諏訪の牛山です』といえといっただけです」

彼女は、茶屋の胸を突き刺すような目をした。

2

茶屋と牛山萌子は、白いホテル内の和食レストランで向かい合った。酒を飲めるかと彼女にきくと、

「少し」

と答えて微笑《ほほえ》んだ。

メニューを開いて、なにが好きかときくと、

「こういうお店へ入ったのは初めてです。これを見ても、どんな物なのか分かりません」

といった。

それではと茶屋はいって、かわはぎのから揚げと、いくらの粕《かす》漬けをオーダーした。紺の前掛けを

しめた二十代半ば見当の女性は、にこりとした。酒のつまみに旨《うま》い物を知っている人だと受け取ったようだ。

盃《さかずき》に日本酒を注《つ》いでやると萌子は、恐《こわ》ごわと舐《な》めるような飲みかたをした。

「あなたには孝太郎さんというお兄さんがいましたね」

茶屋は、一杯目を飲むと自分で盃を満たした。

「よくご存じですね」

「高浜敬三さんの過去を知っている人からきいたんです。……孝太郎さんは、中学を出ると高浜製材所に就職した。就職して三、四年経《た》ったある日、山へ杉の木の伐採作業にいった。ところが作業中に孝太郎さんはいなくなった。それで作業員は孝太郎さんを呼びながら山中をさがしたが、見つからなかった。次の日は、警察官を交えて山中をさがした。作業現場から二百メートルもはなれたところに洞穴《ほらあな》があって、その闇のなかで孝太郎さんは亡くなっていた。どうしてなのかは不明だったが、孝太郎さんの顔面は血で真っ赤になっていた。何者かに頭を割られたにちがいなかった。……伐採作業には高浜敬三さんも参加していた。作業に参加していた全員が警察で事情聴取を受けたが、孝太郎さんに危害をくわえた者は挙がらなかった。……警察は、孝太郎さんを殺したのは、作業員以外の人間ではないかともみたようだったが、容疑者を割り出すことはできなかった。……その事件当時、あなたは十二、三歳だったでしょう。憶えていますか、その事件を」

茶屋は、萌子の顔をじっと見てきいた。

「父からきいた覚えがあります」

「お父さんは、孝太郎さんを殺した犯人について、どんなことをいっていましたか」

「犯人がだれかというようなことは、口にしなかったと思います」

「今回、東京へいくことについて、お父さんはなんといったんですか」

「お化粧もしないし、いつも同じような物を着ているわたしを見て、『東京へいってこい』といいました」

「東京へいってこい。……東京のどこへいって、なにをしなさいと、お父さんはいったでしょうね」

「高浜敬三の住所を書いたメモをくれて、彼に会うことができたら、『牛山孝太郎の妹です』といえといいました」

「なぜ、お兄さんの名をいえといったんでしょうか」

「その理由はいいませんでしたけど……」

彼女はいいかけて、語尾を消した。

「お父さんはあなたに、高浜敬三さんを訪ねる理由を話したはずです。なんていったんですか、お父さんは」

彼女は、胸の前で手を組み合わせ、二、三分なにも答えなかったが、音のするようなまばたきをすると、

「牛山孝太郎の妹です、といって、高浜の顔をにらんでいろ。そうすれば、彼は、二百や三百万は用意するはずだ、といいました」

「あなたは、お父さんがいったことを、実行するつもりなんですね」

「わたしの家には、お金がまったくありませんので」

彼女は、口を真一文字に結んだ。視線は茶屋の胸を刺していた。

「あなたのお父さんは、孝太郎さんの死因を知っていたのでしょう。孝太郎さんの死後、なぜ殺されていたのかをあれこれ考えているうち、高浜が殺《や》ったにちがいないと気付いたのかもしれない。孝太郎さんと高浜は仲が悪かったんじゃないだろうか。高浜が殺ったのではと疑ったが、証拠をつかむことができなかったので黙っていた。しかし過去を振り返ってみると、孝太郎さんを殺した犯人は、高浜しかいないと確信するようになった。その確信はいずれ役

に立つと考えていたのかも。……今回、あなたは高浜の別荘を訪ねて、名乗った。ところが高浜は、あなたに会おうともしなかったし、用件をきこうともしなかった。あなたがインターホンで名前をいったその瞬間、高浜にはピンとくるものがあった。だからあなたに会おうとしなかったんだと思う」

萌子は盃に手をつけず、呼吸をとめたように押し黙っている。

「あした、あなたは、あらためて高浜の別荘へいくつもりでしょう。彼はあなたに会うかもしれない。そして、あなたのお父さんの推測どおり、いくらかの金を用意することも考えられます。それは高浜が孝太郎さん殺害を認めたことになりますが、あなたの行為は彼の弱みにつけ込んだ強請《ゆす》りで、犯罪です」

茶屋は、下諏訪へ帰って父親を説得して、孝太郎を殺害したのは高浜敬三であることを真正面から訴えることにする。もどかしいだろうが、いま高浜から金を受け取ると恐喝の罪を背負うことになるのだと説得した。

萌子は唇を嚙んだ。悔しいといっているように首を振った。

「今夜は、このホテルでゆっくり寝《やす》みなさい。あすの朝、目を覚ましたら、電話をください」

そういって茶屋は、近くのべつのホテルに泊まることにした。

翌朝、茶屋は、萌子が泊まった白いホテルで一緒に朝食を摂った。彼女は、ホテルでの朝食は三、四年ぶりだといった。よく眠れたかときくと、

「きのうからずっと、茶屋さんと一緒にいるのが夢のようなんです」

茶屋は、トースト二枚とハムとスープだったが、萌子はご飯に味噌汁《みそしる》に魚の干物。それに漬物を三種類皿へ盛ってきて、きれいに食べ終えた。

顔も手も少し陽に焼けているようだが、シャツの

袖口からのぞいている肌は白かった。

「あなたはここにいてください。私は高浜さんに会いにいく。彼に会って、あなたのことを話してみる。どんな反応を示すか、じっくり観察してきます」

彼女は、食後のコーヒーを飲むとうなずき、頭を下げた。

「彼は、下諏訪へはめったに帰らないようですね」

「下諏訪では、高浜さんの活躍をよろこんでいますけど……」

彼女は眉間を曇らせた。高浜のことを良くいわない父親の影響を受けているのだろう。

「高浜さんの親族は、彼をどう見ているのでしょうね」

「さあ、きいたことがありません。父がいうには、高浜さんのお母さんは毎年のように、東京へいっているようですので、高浜さんに会っているのだと思います」


高浜製材所は、父と兄が経営している。敬三が勤めていたころと規模も変わっていないという。茶屋は、杉や檜《ひ》の丸太が山のように積まれ、その奥のほうから挽き音のきこえる風景を想像した。危険な作業だが、きこえてくる音はのどかである。

茶屋は海を右手に見ながら高浜の別荘に着いた。バイクの郵便配達が、ポストに郵便物を押し込んで走り去った。

茶屋はインターホンに呼び掛けた。応答した若い男に呼び掛けると、門の鍵が開く小さな音がした。門のなかへ入れという合図のようだ。

玄関では髪の短い若い男が、少し股を広げて立っていた。茶屋は男に、「おはよう」といったが、彼は頭を動かさず、中へ入れというようにからだを斜めにした。

けさの高浜は白い厚手のセーターを着ていた。

「茶屋さんは、ちょくちょくおいでになるが、マメな質《たち》なんですね」

　高浜は薄笑いを浮かべた。その言葉が茶屋には皮肉にきこえた。

「きのう、こちらの門の外には、一人の女性がうずくまっていた。こちらへ声を掛けて名乗ったら、知らない人だとか、用はないといわれ、途方に暮れていました」

　高浜は横を向いた。

「その女性は、下諏訪町に住んでいる牛山萌子さんです」

「茶屋さんは名前を聞いたんですね」

「ええ。食事もしていないし、疲れきったようでした。……彼女は、こちらで名前をいえば会ってくれるものと思っていたようです。なぜ会わず、追い返すようなことをしたんですか」

「少しばかり世間に名前が知られるようになると、親しそうなことをいって訪ねてくる人がいるんです。一種のタカリです」

「しかし、高浜さんは、彼女を知っていた。彼女は、製材所であなたとは同僚だった牛山孝太郎さんの妹です。あなたが実家にいたころ、何度も会っていたと思います。彼女の名をきくと、そんな人は知らないといって、追い返そうとした。わざわざ下諏訪からやってきたのだから、会ってあげてもよかったのに、なぜ追い払うようなことをしたんですか」

「面倒だったからです。……茶屋さん。あなたは彼女に会って、話をきいたらしいが、それはどうしてですか」

「牛山萌子さんは、疲れはてたように門の外にうずくまっていた。どうしてもあなたに会って、話したいことがあったからです。話をきいてあげればいいのに、帰れといって放っておいた」

「茶屋さん」

　高浜は丸い目を光らせた。

「茶屋さんは、お節介なんですね。彼女がすわり込んでいようと、寝ていようと、あなたには関係がないじゃないですか」

「そう。お節介な人間です。ですので、彼女を見捨てることができなくて、一緒に食事をしたし、どんな用事があってあなたを訪ねたのかもききました。彼女は重大なことをいいました。重大なこととは、あなたに関係のあることだ。彼女から重大なことをいわれたくないので、あなたは彼女を追い返そうとした。重大なことを、あなたは認めますか。いや、重大なことを認めているので、彼女を追い払ったんでしょ」

「朝から不愉快な思いをさせる人だ。私は、牧村さんの紹介で茶屋さんを知った。桐谷沙希の行方を知りたかったので、相談にのってもらった。ところがあなたは、私の役に立つどころか、まるで私を疑うようなことをいったりする人だった。以後、あなたには会いたくない。私の前には現れないでもらいたい」

高浜は茶屋を追い払うような手つきをした。

「分かりました。消えることにする。が、最後にひとつ、ききたいことがあります」

「なんですか」

高浜は腰を浮かせた。

「あなたは、映画の記者会見という大事な日、その日を待っていたように、ある男に襲われた。その犯人は、どういう筋の人間か、見当がついていますか」

「分からない。警察もつかんでいないようです」

高浜は目を伏せて首を横に振った。彼はもしかしたら、刺客は信州からではとみているのではないかと、茶屋はあらためて高浜の顔をにらんだ。

3

牛山萌子が待っている白いホテルへもどった。彼女は人気のないロビーで本を読んでいた。小説なのかときくと、北海道の修道院に勤めている女性の書いた随筆集だという。

茶屋は、高浜に会ってきたことを話した。

「彼はあなたのことを、名前も知らないし会ったこともないといいました」

「俳優になってから人が変わったようになったんですね」

「悔しいでしょうけど、家へ帰って、お父さんと相談したうえで、警察に訴えることです。孝太郎さんが殺されたのは、二十年も前のことだが、犯人を挙げることができなかった事件です。詳しく話せば、警察は調べ直して、善後策を講じるでしょう」

「先ほど父に電話して、親切な方に出合ったことと、高浜に会えなかったことを話しました。父は、早く帰ってこいといいました。それから、高浜の両親に、敬三さんを訪ねたが門前払いに遭ったことを話せ、といわれました」

彼女は寂しげないいかたをした。

「高浜の両親に会うのはいいが、脅《おど》すようないいかたをしないように」

茶屋は彼女を、新宿駅まで送ることにした。

「敬三さんは、有名な人になったけど……」

彼女は、車の助手席でつぶやいた。

「彼は何者かに生命を狙われています。枕を高くして眠ることのできない男だ」

「週刊誌で、離婚したという記事を読んだことがありました。娘がいるということでした。……名前は知られていますけど、幸せとはいえないようですね」

彼女は前方を見ているが、その目に風景は映っていないだろう。

多摩川を越えて東京都に入った。

「三軒茶屋《さんげんぢゃや》というところで降ろしてください。叔母《おば》が住んでいますので、そこへ寄ります」

当座の金の工面をするのだろうと茶屋は推測した。

「叔母さんはなにか商売でも」

「いいえ。ご主人は会社員です。娘が二人いますが、二人とも会社員の方と結婚したときいています」

萌子は以前、叔母の家を訪ねているのでといって、スーパーマーケットの前で車を降りた。後日、手紙を出すといって、頭を下げた。彼女は叔母に、鎌倉の別荘にいる高浜敬三を訪ねたことを話すだろうか。訪ねた目的を話すだろうか。茶屋は、萌子と叔母が向き合っている薄暗い雰囲気を想像した。


牛山萌子を三軒茶屋まで送って、一週間が過ぎた。彼女からは電話も手紙もこなかった。

萌子が叔母に、高浜を訪ねた目的を正直に話したかどうかは分からない。もしも話したとしたら叔母は、萌子と父親を非難したような気がする。

茶屋は窓を半分開けて、春の雨を眺めていた。牛山萌子の疲れきって、高浜の別荘の門の前へしゃがみ込んでいた姿と、高浜敬三のことを憎んで話すときの、吊り上がった目を思い出していた。

「いらっしゃいませ」

サヨコの声を背中にきいて振り向いた。週刊八方の記者で、「きどきゅう」と呼ばれている鬼頭だった。彼は濡れた肩にハンカチを当てた。サヨコは白いタオルを持って、鬼頭の幅の広い背中を拭った。

鬼頭は、「渋谷署にちょっと用があったもんで」と、濡れた上着を気にしながらソファに腰掛けた。

彼は、高浜の過去に通じていて、以前、鎌倉で食事をしながら、高浜が俳優になる前の経歴を詳しくきいたことがあった。

「高浜が、杉並区高円寺北の自宅と材木座の別荘を売りに出して、行方が分からなくなりました」

鬼頭はポケットノートを開いていった。

「売りに出して、行方不明とは……」

茶屋は口を開けた。

「私はきのう、材木座の別荘の前を車で通った。門に貼り紙があるのを見たので、車をとめました」

鬼頭はスマホの写真を茶屋に向けた。『売り物件　連絡先＝材木座三の美浜《みはま》商事　電話番号』

「美浜商事へいってきいたら、三日前に高浜に呼ばれたので訪ねたところ、別荘を売りたいといわれた。価格をきいたら、買う意思のない人には教えられないといわれました。それで私は東京へもどって、高円寺北の自宅を見にいった。すると門には別荘と同じような貼り紙がしてありました。自宅の売買を扱っているのは高円寺駅前の前山《まえやま》不動産でした。……そこで高浜の連絡先をきくと、下諏訪町の高浜兼吉《かねきち》の電話番号を教えられた。父親です。電話には兼吉が出ましたので敬三の居場所をききました。兼吉は、居場所は分からないがといって、ケータイの電話番号を教えてくれました。ところがその番号へ掛けたところ、使われていない番号でした」

鬼頭は、お手上げだといった。

「高浜敬三は、都内のホテルにでも隠れているんじゃないでしょうか」

茶屋がいうと、鬼頭も同じ見方をしているといった。

「俳優をやめるつもりだろうか」

茶屋は首をかしげた。

「どうでしょうか。怪我が治れば、復帰すると思います。役者としては貴重な存在ですから」

鬼頭はサヨコがたてたコーヒーを旨そうに飲んだ。


何者かに生命を狙われて重傷を負った。世間体が悪いので、一時、身を隠すために自宅と別荘を手放すことにして、息をひそめている。二、三年も経てば、彼が暴漢に襲われたという噂《うわさ》や人の記憶は四季の風に飛ばされて薄くなる。そうしたら俳優として復帰するというつもりなのか。

「彼が事件に遭ったという記憶は薄らいだとしても、消すことのできない一つの事件が、下諏訪の山には残っている。牛山孝太郎という少年が殺された謎の一件」

茶屋は、鬼頭の話をメモしたノートを開いた。御射山《みさやま》の洞穴内で、赤鬼の面をかぶったような真っ赤な顔になって死んでいた牛山孝太郎の一件である。頭を割られて死んでいたのだから、これは他殺にちがいなかった。当時、諏訪署は被害者の関係者から詳しく事情をきいたにちがいないが、加害者を特定するにはいたらなかった。同僚だった高浜も事情聴取を受けたが、事件に関係したという証拠は挙がらなかった。たぶん彼は、仲のいい同僚に危害を加えるわけがない、とでもいい通したにちがいない。彼の答えには説得力があったのだろう。若いときから弁がたつ男だったようだ。

次の日、牛山萌子から白い封筒の手紙が届いた。白い封筒の手紙を見るたびに茶屋は、下呂市の滝田美代子の名で桐谷沙希に宛てた脅迫の短い文章を思い出す。

萌子の字は決して上手《うま》いとはいえないが、一文字一文字を丁寧に書いていた。

「叔母に高浜敬三に会いにいったことを話しました。叔母は、茶屋先生がおっしゃったことと同じことをいって、父とわたしの考えの浅いことを詰《なじ》りました。わたしは叔母の家に一泊して、次の日、叔母と一緒に下諏訪へ帰りました。そして、叔母と私とで、湖畔の諏訪署を訪ねて、二人の刑事さんに、高浜敬三と孝太郎の間柄などを詳しく話しました。刑事さんは、古い記録を調べ直し、敬三からも事情をきくとおっしゃいました。いずれ警察からは連絡があるでしょう。その結果は、またお知らせいたします」

牛山家の訴えをきいた諏訪署は、古い記録を調べたあと、捜査員を東京へ出張させるだろう。高浜敬三に会いにゆく。ところが杉並区高円寺北の自宅は売り出されていて、当人は居住していなかった。隣家の人は高浜の別荘所在地を知っていたので、刑事にそこを教えた。鎌倉市材木座の別荘に着いた刑事は、そこでもあっと口を開けた。

つまり高浜敬三は所在不明になっていた。刑事は、高浜の関係筋に問い合わせるが、たぶん現在の居所は不明といわれ、呆然《ぼうぜん》とするにちがいない。

高浜が事件に遭ったことは勿論《もちろん》、テレビニュースが報じたし、新聞にも週刊誌にも載った。ある新聞は、高浜を正面から撮った写真を掲載し、出演した映画やテレビドラマのタイトルを載せていた。

世間から高浜に対する話題が消えて三、四か月が経ったころ、女性サンデーや週刊八方や週刊春秋が、読者の声をさかんに載せた。

それは、意外な場所で高浜敬三を見掛けたという談話だった。「○月○日、夕方、小樽運河の橋の上から並んでいる倉庫を眺めていた。色内《いろない》大通りを歩いていて、古いビルの前に立ちどまって、そのビルをしばらく眺めていた。髪を長くしていたが、まちがいなく高浜敬三だった。彼は独りだった」「○月○日、函館の姿見坂《すがたみざか》を歩いている高浜敬三を見た。額を隠すように髪を前へたらしていたが、映画の「始末屋・雷蔵」を演じた顔とそっくりだった。彼は独りで、埠頭《ふとう》に出ると腕組をして海を眺めていた」「○月○日、赤レンガ造りのトラピスチヌ修道院の資料館前に立っている高浜敬三に出会った。なにを見ているのか彼は木に寄りかかっているだけだった。無精髭《ひげ》を伸ばしていたが、高浜だとすぐに分かった。彼に話し掛ける人はいなかった」

「高浜には話相手はいないし、寄ってくる人もいないらしい」

牧村は茶屋の事務所へきて、サヨコの立てたコーヒーを飲みながらいった。

長野県警諏訪署は、下諏訪町の牛山音次《おとじ》の昔話をきいて、高浜敬三をあらためて事情聴取することにした。しかし、高浜は鎌倉市材木座の別荘から姿を消すと、その行方は不明になった。北海道からは、高浜を見掛けたという人が、新聞社や出版社に投書をしているが、どこそこに住んでいるという情報は入らなかった。

「先生。高浜の所在をつかみに北海道へいきましょう」

牧村がいった。

「北海道へいったところで、どこに住んでいるのか分からないじゃないか」

茶屋がいった。

「読者の目撃談だと、高浜は名所といわれている場所に立っているようです。私の勘ですが、彼は北海道をよく知らない。なので観光客に人気のある場所へいって、そこの風景を眺めているんじゃないでしょうか」

牧村の推測だ。

「小樽と函館。札幌にいるとしたら、人口が多いから所在をつかむのはむずかしい」

茶屋は、北海道の地図を広げた。

「高浜は、札幌には何度かいっているのを私は知っています。ところが、小樽や函館は詳しくない。なので街のなかをぶらぶら歩いているような気がします」

牧村は、小樽か函館へいけば、すぐにでも高浜をつかまえられそうなことをいう。

茶屋も、小樽か函館で、ぼんやりと海を眺めている長身の髭面の男の姿を想像した。

茶屋と牧村が話し合っているところへ牧村に電話が入った。彼は、

「うん、うん。そうか」

とうなずいて電話を切った。

「函館市内の読者から本誌に電話が入りました。市内の八幡坂《はちまんざか》というところで、海のほうを向いている高浜らしい男を見掛けたそうです」

牧村は興奮気味のいいかたをした。

「高浜は、函館に住んでいそうだな。あした函館へ

いってみようか」

茶屋はそういって、函館市の地図を書架から抜き出し、八幡坂をさがした。

八幡坂は市の中心街を港に向かっていた。地元の人が、「港が最も美しく見える坂」と呼んでいるとあった。かつては坂の上に函館八幡宮《はちまんぐう》があったのだという。

サヨコはパソコンの前から立ち上がると、クローゼットから旅行鞄《かばん》を取り出し、その上へカメラをのせた。

4

翌日、茶屋と牧村は函館空港へ午前十一時に着いた。八月の空は澄み渡り、海の上に白い雲が浮き、西の方へゆっくり流れている。

二人はレンタカーを調達した。茶屋がハンドルをにぎった。助手席にすわった牧村は大あくびをした。湯《ゆ》の川《かわ》温泉を通過した。

「トラピスチヌ修道院へはいったことがない。一度は見学すべきだと人にいわれたことがある」

牧村は目をこすりながら、茶屋はいったことがあるかをきいた。茶屋は、「ある」と答えた。前庭には聖ミカエル像が立っていたのを思い出した。

池の上の空間に黒いものがかたまって動いていた。車をとめてそれを見ていた。黒いかたまりは上下している。目を凝《こ》らしているうちにキの字をばらまいたようなトンボの群だと分かった。獲物を取り合っているのか、争いを起こしたのか、トンボの群は上下しながら遠ざかった。

八幡坂に着いた。坂は函館西高校から真《ま》っ直《す》ぐに函館港へ下っている。その先端は函館港の最深部を衝いていた。

女性サンデー編集部へ、八幡坂から海を眺めているらしい高浜敬三を見掛けたという、北方民族資料館勤務の女性を訪ねた。二十代半ばの面長の顔の女性は、牧村の名刺を受け取るとそれをじっと見ていた。

「わたしは、きのうの午後一時過ぎ、用事があったので、自転車で外へ出ました。八幡坂を横切ろうとしたとき、髭を生やした背の高い男の人が、海を向いて立っていました。その人を見た瞬間、どこかで会ったことがある人と思い、自転車を降りました。その男性はわたしに気付かなかったようで、海のほうを見たままでした。だれだったろうかと考えているうち、テレビドラマで何回も観ていた高浜敬三さんだったのを思い出しました。……高浜敬三さんは何者かから刃物で襲われて、怪我をしたのを新聞で読みました。……その高浜さんがどうして函館にいるのかしらと思いました。高浜さんは、ゆっくりとした足取りで、海のほうへ下っていきました。わたしは、彼の後ろ姿が消えるまで見ていました」

「高浜さんは、なにか持っていましたか」

牧村がきいた。

「たしか、本のような物をひとつだけ」

鞄のような物は持っていなかったという。すると彼は函館に滞在しているようだ。

茶屋と牧村は、日和坂《ひよりざか》や基坂《もといざか》を歩いてみた。どの坂も幅が広く、海に向かっていた。観光客らしい人たちが旧イギリス領事館や教会にカメラを向けていた。魚見坂《うおみざか》を下って函館どつく前へもいってみた。函館中央警察署へいって、高浜敬三が函館に滞在しているようなので、捜索に協力してもらいたいと要請した。

牧村は、日が暮れたら函館山ロープウェイで、山頂から街を見下ろそうといっていたが、朝市近くの店で旨いさかなで酒を飲むと、居眠りをはじめた。高浜の姿を求めて歩きまわったので、疲れが出たようだ。

朝市近くのホテルに泊まることにしたが、牧村は旅をしていることを忘れているような歩きかたをした。

次の朝、ホテルのレストランで皿を手にしている牧村に電話が入った。女性サンデーの編集部からで、三月二十四日の午前、杉並区高円寺北の環七通りで、タクシーを待っていた高浜敬三を刃物で襲って怪我を負わせたと思われる人物を、警察が割り出したという知らせだった。

その犯人と思われる者は、黒崎安広《くろさきやすひろ》という四十三歳の男。水島《みずしま》班と呼ばれている映画やドラマの撮影現場での照明を受け持っているグループの技師。黒崎は、撮影現場で高浜から作業について何度か文句をいわれたことがあった。監督や俳優やスタッフがいる前で、照明について、気に入らないと苦情を並べられた。黒崎はそれを根に持ち、高浜を殺害しようと一年ほど前からそのチャンスを狙っていたらしい。彼は端役の女優だった女性と一緒に暮らしていたが、その女性と離縁したらしかった。それがもとでか、気の晴れない日がつづいていた。そこへ「霧氷荒野」映画化発表の記者会見のニュースを耳にした。高浜敬三はその映画の主役だった。

黒崎にとってはこの世で最も憎い人間が高浜敬三。彼の晴れの日を黒崎は命日にするために、包丁を用意した。

高浜を殺すつもりで襲ったが、身をかわされ、怪我をさせただけだった。黒崎は包丁を捨てて逃げた。変装して襲ったが、高浜は加害者が何者だったかを日夜考えているにちがいなかった。

考えているうちに、加害者を思い付いた。黒崎安広ではないかと気付き、彼の住所を関係者にきいた。その住所は板橋区成増《なります》だと分かったので、そこをそっとのぞきにいった。古い小さなマンションで、黒崎はそこに垢抜《あかぬ》けした三十代半ばに見える女性と暮らしていた。が、なにがあったのかマンションの入居者は知らなかったが、二月半ばごろから女性の姿は見えなくなっていた。

黒崎も三月下旬から姿を消した。家主になんの連絡もないという。

警察は映画関係者から事件には黒崎がからんでいるのではとみてか、マンションの家主を訪ねて、彼の暮らしぶりなどを細かくきいた。

黒崎の出身地は小樽市で、両親は現在、函館市に住んでいることが分かった——という連絡だった。

「高浜は函館に住んでいるんじゃない。黒崎安広という男が隠れているところをさがしているらしい」

本社からの電話をきいた牧村は、ハムにフォークを刺した茶屋にいった。

「高浜は黒崎の行方をさがしているのか。黒崎をつかまえたら、どうするつもりなんだろうか」

茶屋は、ナイフとフォークを置いた。

「殺すつもりなのか」

「そうかもしれない。高浜は黒崎に殺されそうになった人間だ」

今度は高浜が、黒崎をこの世から消そうと考えているのかもしれなかった。

高浜は、黒崎が北海道出身だということをだれかからきいて、知っていた。身内が函館にいることもきいていた。したがって東京をはなれた黒崎が、身内を頼って函館へやってきたのではないかと考えられたが、その推測は甘いことに茶屋は気付いた。

警察は当然、身内に問い合わせているだろう。それを本人も承知しているにちがいない。

「黒崎は函館にはいない。これまで関係のなかったところへいっていそうな気がする。高浜は、黒崎が身内を頼るか、縁故のある函館へ逃げたものとみていたが、これは間違いだった」

茶屋は東京へもどって、別のルートを考えようといった。

牧村は同意したが、黒崎の身内に会うのも重要だと主張して、本社へ電話した。黒崎の両親の住所が分かっているかをきいたのだ。

黒崎の父親・秀男《ひでお》の住所が分かった。函館市湯川《ゆのかわ》町だった。

茶屋と牧村は、黒崎秀男の住所をさがしあてた。

そこは古い平屋の一軒屋で、玄関の前に植木鉢が四つか五つ置かれていた。

声を掛けたが応答がないので、隣家を訪ねた。白髪頭の高齢の男が出てきた。その人は黒崎の両親の勤務先を知っていた。

父親の秀男は、浜湯《はまゆ》ホテル、母親の英子《ひでこ》は松一《まついち》旅館に勤務していると教えられた。二人の勤め先は湯の川温泉の代表的な宿だといわれた。

茶屋と牧村はまず秀男を勤務先のホテルへ訪ねた。昼間のホテルのロビーは薄暗くて、人影がなかった。フロントの男に黒崎秀男に会いたいというと、細い廊下の奥へ案内された。秀男には大工の技術があって、館内の補修工事を担当しているのだという。彼は二十代に見える男を助手にして、壁になにかを貼り付ける作業をしていた。

「安広さんに会いたいのですが、いまはどこにいらっしゃるのでしょうか」

茶屋が陽焼けした秀男の顔にきいた。

「東京にいたのですが、どこへいったのかは知りません」

警察官がきて、同じことをきいたにちがいない。秀男は警察官から安広が殺人未遂事件を起こして、逃走したことをきいただろう。

「安広さんからは連絡がないのですか」

茶屋がきいた。

「ありません」

秀男は目を伏せて、小さい声で答えた。

茶屋と牧村は、松一旅館で英子に会った。彼女は調理場に勤めていた。

彼女も安広が現在どこにいるのかは知らないと、首を横に振った。息子が有名俳優を殺そうとしたらしいことを知って、腰を抜かしたにちがいない。世間に対して、申し訳ないといっているように、何度も頭を下げた。

「安広さんは、ご両親に時々連絡してくる人でしたか」

「はい。二か月か三か月に一度は、電話をよこしていました」

　彼女は下を向いて小さな声で答えた。茶屋が兄弟をきくと、「一人息子です」といって、手拭で目を隠した。

5

　茶屋と牧村は東京へもどった。無駄な旅行をしたと少しばかり後悔した。人を殺そうとした男が、隠れ場所に困って、両親が住んでいる土地へいくはずがなかった。それを茶屋がいうと牧村は、そうとはいえないといった。

「黒崎は高浜を殺そうとしたが、加害者がどこのだれだったかは分からないだろうと踏んでいたかもしれません。もしも高浜が死んでいたら、加害者がだれだったかは、簡単には分からなかったと思います」

　牧村は顎を撫でながらいった。

「そうだろう。高浜と接触したことがあった人は、十人や十五人じゃないだろうから」

　茶屋は天井を仰いでいたが、黒崎と棲《す》んでいたという女性がいたのを思い出した。その女性は映画やテレビドラマで端役を演っていた女優だったらしい。黒崎が暮らしていたマンションの住人の話では、彼と一緒に棲んでいた女性は三十代半ばの垢抜けした人だったという。

　茶屋は、映画やテレビドラマ作りの関係者に会い、黒崎安広と一緒に仕事をしたか、あるいは親しかったという人をさがした。

　黒崎と一緒に仕事をしていたし、個人的にも親しかったという人に会うことができたが、彼が現在どこに住んでいるかは知られていなかった。板橋区成増の前住所へは、事件を起こした日から帰っていなかった。警察も彼が現在どこに住んでいるかをさがしていることが、映画関係者の話で知った。

その関係者の一人の女性から、

「黒崎さんは、塚本菊世《つかもときくよ》と一緒に棲んでいるか、あるいはときどき会っているのではないかと思います」

という話をきいた。

塚本菊世というのは、成増のマンションで一緒に棲んでいたことのある女性である。菊世は女優で、飲食店やホテルの従業員などの役を演っていた。現在三十三歳で独身。神奈川県逗子《ずし》市の出身。

彼女の現住所を知っている人がいた。横浜市中区小港町《こみなとちょう》のマンション。俳優業だけでは生活が成り立たないといって、横浜市内の繁華街のクラブに勤めていることを、茶屋はドラマ作りの女性スタッフの一人から耳に入れた。

茶屋がなぜ彼女を追いかける気になったかというと、かつて黒崎安広と同棲《どうせい》していた人だからだ。

黒崎は三月、高円寺北の環七通りでタクシーを待っていた高浜敬三を刃物で襲った男だ。高浜を殺す目的で襲ったが、身をかわされ、目的を果たすことができなかったし、凶器の出刃包丁を現場に捨てて逃走した。

事件現場から逃亡した黒崎は行き場に困ったはずだ。遠方へ逃げるか、都会の喧噪《けんそう》のなかで身を縮めていようかを迷ったはずだ。そのとき、かつては一緒に暮らしていた塚本菊世の顔が浮かんだ。

黒崎と菊世は、なぜ別れたのかは分かっていない。彼女は暮らしを立て直すつもりで、女優業から足を洗って、水商売に徹することにしたのかもしれない。つまり黒崎と一緒に暮らしていても生活《くらし》は楽にならなかったのではないか。二人は不仲になって、別れたのではなく、ときどきどこかで会っていることも考えられる。

茶屋は、かつては菊世と一緒に仕事をしていた女性からの情報を頼りに車で横浜へいった。

菊世が住んでいるマンションは、最近建てられたらしいビルとマンションに囲まれた谷底の陽陰だった。ビルの透き間から横浜港シンボルタワーや本牧《ほんもく》ふ頭が見えた。

菊世の現住所を茶屋に教えてくれた女性は、「わたしからきいたとは、絶対にいわないで」

と念を押した。

菊世が住んでいる三階の部屋にも一階の郵便受けにも、名前は出ていなかった。茶屋は日暮れを待って、三階の部屋の窓に灯りが点《つ》くのを期待した。三階の目当ての部屋に人がいるのかいないのか分からなかったが、午後六時になると窓にカーテンが張られた。陽の当らない窓に灯りが点いた。その部屋には菊世がいて、夜の化粧に鏡に向かうのではないか。

茶屋はマンションの出入口が見える地点へ移動した。十分ぐらいすると中背で細身の女性が出てきて、左右をうかがうような格好をして、石川《いしかわちょう》町から電車に乗り、桜木町《さくらぎちょう》で降りた。年齢は三十をいくつか出たところだろう。ブルーのワンピースに白い靴。提げたバッグも白だ。年齢の見当から塚本菊世にちがいない。

桜木町で電車を降りた彼女は、何度か首を左右に振って、六、七分歩いた。姿勢のいい人という印象を受けた。

彼女は、赤と紫のネオンを点滅させている「ジュピター」という一階の店へ入った。十五分経ったが出てこない。そこが彼女の勤め先にちがいなかった。

茶屋は、どうしようかと迷った。店へ入って、黒崎の居所を尋ねても、期待通りの答えはきけないだろう。

ジュピターという店の入口を見ていると、濃い化粧をした女性が五、六人入った。女性たちは三十代後半から四十代に見えた。その店は高級クラブらしい。

塚本菊世と思われる女性を尾行したことを牧村に電話で伝えた。

「その女性は独り暮らしでしょうか」

牧村がいった。

「マンションを出る時、彼女は部屋の電灯を消したようだ。たぶん独り暮らしだと思う」

茶屋が答えると牧村はなにかを考えるように黙っていたが、日曜に彼女の行動を監視してみようといった。

茶屋は賛成した。しばらくジュピターの出入口を見ていると、五十代も半ばに見える薄い色の和服を着た大柄な女性が店へ入っていった。その人の後を追うように中年の男性が二人店へ入った。客のようだ。

茶屋は、その店をカメラに収めて車にもどった。

日曜の朝、牧村はブルーのシャツを着て茶屋事務所へやってきた。二十分ほど前にサヨコが出勤して、茶屋にコーヒーを出した。

「いまは曇っているけど、きょうの東京は三十五度ぐらいになるそうですよ」

牧村はクーラーの前へ立って、胸に風を入れた。彼もサヨコの立てた熱いコーヒーを飲んだ。

茶屋が運転する車に牧村とサヨコが乗って、午前十時少し過ぎに塚本菊世が住んでいるマンションの出入口が見えるところに着いた。マンションの裏側にまわって、彼女の部屋の窓を仰いだ。その窓にはピンクのカーテンが張られ、端が揺れているのが見えた。エアコンの風が揺らしているようだ。

張り込みをはじめて約一時間後、ピンクのカーテンが開き、窓が半分開いた。女性の顔がのぞいた。髪を後ろで結わえている。女性は遠くを見るような目をした。ビルとビルの間にのぞいている海のほうを眺めたようだ。

正午になった。窓もカーテンも閉められた。

「出掛けるんだな」

牧村が目をこすった。

車を、正面の出入口が見えるところへ移動させた。
　十四、五分もすると菊世と思われる女性がマンションを出てきた。白いワンピースだ。布袋を持っているが、それはふくらんでいる。
　女性はそれが癖なのか、玄関を出たところで左右に目を配るように首をまわした。歩きはじめて分かったことだが、彼女はスニーカーを履いていた。

　車にサヨコを残して、茶屋と牧村は菊世と思われる女性の後を尾《つ》けた。彼女は電車で金沢八景《かなざわはっけい》を降りた。

「ピクニックだな」

　牧村がつぶやいた。茶屋は、彼女の行き先とだれに会うかを想像した。

　彼女は、大きい池を越えると池の縁をめぐるように歩き、海のほうを向いて立ちどまった。ベンチに布袋を置いた。二、三分経った。子どもと手をつないだ夫婦らしい男女の後ろを歩いてきた帽子の男が、菊世らしい女性に近寄り、短い会話を交わすと、二人は海のほうへ向かって歩いた。海へ出た。金沢漁港で、目の前に八景島《はっけいじま》が浮いている。

　牧村がポケットノートにはさんでいた写真を出した。それには「身長一七〇センチ　体重六〇キロ程度　髭は薄茶　顎がとがっているのが顔の特徴」と、黒崎安広の外見を書いている。

「茶屋先生は、顔を知られているから近づかないほうがいい。私が男の面相を確かめてくる。男が黒崎だったら、合図します」

　牧村はそういって、菊世らしい女性と肩を並べて海を向いているカップルに近寄った。

　牧村は、カップルの前へ出て、二人を見比べるような格好をしたし、立ちどまって声を掛けた。茶屋には彼のやり方が危険に感じられた。

　牧村の手が挙がった。男は黒崎だ、という合図だった。と、男は後ろを向くと駆け出した。茶屋の前を走り去ろうとした。茶屋は長い脚を前に出した。男は躓《つまず》いて地面へ這った。

茶屋は、立ち上がって逃げようとしている男のシャツの襟をつかんだ。

「黒崎安広だな」

男は地面に両手を突いていたが、小石を拾った。それを見た茶屋は男の手を踏んだ。男は悲鳴を上げた。腕は折れたかもしれなかった。

前方にいる女性はしゃがみ込み、両手で顔をおおっていた。

「あんたは、塚本菊世さんだね」

牧村がきいた。彼女は顔をおおったまま首を振ったり、もがくように動いた。

茶屋は男を立たせた。真夏なのに顔は蒼白い。髭の半分は黒く、半分は薄茶だ。顎は三角にとがっている。

「黒崎安広だね」

茶屋は、彼の腰のベルトをつかんだ。男はそっぽを向いた。

牧村が一一〇番通報した。サヨコにも電話して、現在いる場所を伝えた。

左からも右からもパトカーがやってきた。双方の車から降りてきた警官に茶屋が、俳優の高浜敬三を殺害しようとした黒崎安広にちがいないといって、男を警官の前へ突き出した。

「こっちの女性は、隠れている黒崎をかくまっているらしい人です」

牧村がいった。

警官たちは顔を見合わせてから、「金沢署で事情をきく」といって、男と女性をべつべつのパトカーへ押し込んだ。茶屋と牧村は赤色灯をつけた黒い車に乗せられた。

二台のパトカーは、サイレンを鳴らして去っていった。散歩をしていたらしい人たちが、何事かという顔をしてパトカーを見送った。

茶屋はサヨコに電話し、金沢署へ向かっていることを教えた。

茶屋と牧村は金沢署に着くと、会議室のような部屋へ案内され、刑事課の係長から、なぜ塚本菊世らしい女性を尾行したのかをきかれた。

七章　宵時雨《よいしぐれ》

1

　黒崎安広を神奈川県警金沢署員に引き渡した三日後、黒崎が高浜敬三を殺害しようと計画して、高浜が自宅を出てくるのを待っていたこと。そして、スーパーマーケットで買った出刃包丁で、高浜を刺そうとしたが、彼に気付かれて抵抗され、包丁を現場に落として逃走したことを自供した。

　高浜を殺害しようとした動機は、映画やテレビドラマの撮影現場で照明助手をつとめていたが、照明の当て方や角度に、監督や助監督の指示を無視して、黒崎の作業を批判した。高浜は黒崎の仕事振りも顔さえも好きでなかったらしく、『この仕事を何年やってるんだ。あんたには美的センスというものが、備わっていないんだ』などと、俳優やスタッフのいる前で詰《なじ》ることもあった。

　黒崎のほうも高浜を嫌いになり、意地悪なことをしたこともあった。黒崎は謙虚な面のない高浜を、俳優として生きてはいけないようにしてやろうと、密《ひそ》かにスキをうかがっていた。

　二年前のことだったが、高浜が、青森で知り合った女性を、下北《しもきた》半島の奇岩怪岩が天を衝《つ》いている仏《ほとけ》ヶ浦《うら》で殺す役の映画撮影があった。その時季は三月。撮影スタッフは撮影現場近くの旅館に宿泊していたが、真夜中にその旅館が火事に遭《あ》った。二人が重い怪我《けが》をした。放火の疑いが持たれたが、加害者は挙がらなかった。

　高浜が黒崎という撮影クルーの一人から恨まれ、生命を狙われていたことが、ニュースになって全国に知られた。これを下北半島の佐井《さい》村の住人が知り、放火された旅館には高浜敬三も黒崎安広も泊まっていた、と通報した。

身柄を警視庁に移された黒崎は、仏ヶ浦近くの旅館の放火事件に関係していないかを追及され、『私が火をつけました』と自供した。その動機は、酒を飲んで眠っている高浜を殺すつもりだったといった。その時の高浜は、かすり傷を負っただけだった。

黒崎が警視庁に送られたあと、高浜は都内のホテルに身を隠していたが、警察に嗅ぎつけられ、長野県警諏訪署に身柄を移され、『二十年前に発生した事件についてだが』と、刑事に切り出された。

「下諏訪町のあんたの家の近くには、柏《かしわ》薬局という店があったのを憶《おぼ》えているね」

どんぐりまなこの刑事ににらまれると高浜は、寒気を覚えたように肩を縮めた。

「柏薬局は、あんたの実家の裏に畑を持っていた。夏になると野菜を収穫できる畑だ。その畑のド真ん中に、リンゴの木が二本あって、秋になると実は色づいた。あんたは夜、そのリンゴの木の下にすわって、リンゴをもぎとって食べていた。よく憶えているだろうね」

高浜は返事をせず、目を瞑《つむ》っていた。

「暗がりにすわり込んで、リンゴをかじっているあんたを、じっと見ていた少年がいた。……少年がだれなのかを憶えているね」

それにも高浜は答えなかった。

「少年は、近所の牛山孝太郎さんだった。孝太郎さんは、中学を卒業すると、あんたのお父さんが経営している高浜製材所に就職した。あんたも製材所で働いていた。あんたは父親に使われているからか、仕事に熱心でなかった。諏訪湖畔や霧ケ峰などで映画の撮影が行われていると、連日のようにそれを見にいった。……ろくに仕事をせずに撮影を見にいっているのを知った孝太郎さんは、あんたをからかっていた。農作物を盗むことは固く禁じられていたのに、連日のようにリンゴの木の下にすわっていることも、孝太郎さんは口にしたにちがいない。……あんたは歳下《としした》の孝太郎さんが嫌いになったことだろうね」

高浜は下を向いて、両手を固くにぎっていた。

「あんたは、伐採作業中に孝太郎さんを殴り殺して、御射山の洞穴内へ放り込んだ。……人を殺すという重大な犯罪を起こした。……映画の撮影を見ているうちに、監督から誘いを受けたらしいが、殺人事件を犯しているあんたは、下諏訪をはなれたかったんじゃないのか」

高浜は、取調官になにをきかれても、曖昧《あいまい》なうなずきかたをしただけだった。

彼は、歳下の者からからかわれていたのを根に持って、殺害した。一人前の俳優になると、弱い立場の者を見下すようになった。人の好き嫌いの烈《はげ》しい性格のようで、人前で特定の人を詰ったりするようにもなった。

その標的にされたのが照明係の黒崎安広だった。高浜にとっては、黒崎のやることなすことが気に入らなかったようだ。黒崎にはそれが分かった。彼にとって高浜敬三は殺してやりたい人間だった。被害意識を持っていた黒崎は、高浜を殺害することを決意した。殺害決行の日を決めた。それは話題小説の映画化が発表される日だった。主役を演じる高浜が映画化発表の記者会見に出席することを知った。黒崎は出刃包丁を手にした。高浜に怪我をさせるだけでは加害者が分かってしまう。高浜には死んでもらわねばならなかった——

高浜は、自分を殺そうとして、出刃包丁をにぎって襲ったのがだれだったかを知った。あれこれ考えているうちに、撮影現場で照明を担当していた黒崎安広だと気付いたのだ。黒崎は真面目で大人しそうだが、無器用だった。それに陰気で、高浜が文句をつけると白い目でにらみ返すのだった。高浜は黒崎を嫌いになった。黒崎のほうも高浜に悪意を持っているように見えた。

　高浜は襲われた直後、犯人がだれだったかが分からなかった。犯人の服装は憶えていたが、人相は分からないし、年齢の見当もつかなかった。それで毎日、何者だったかをつらつらと考えていた。それまでを振り返っているうち、照明係の黒崎の顔が浮かんだ。作業をしながらちらちらと白い目を向ける黒崎を思い出した。高浜は黒崎に憎まれているのを知ってはいたが、殺そうとまで考えていたことには気付かなかった。

　黒崎はいつかまた、スキを衝いて殺そうと接近してきそうだった。

　そこで、やられる前にと決心し、自宅も別荘も手放すことにした。仕事の話は持ち込まれてはいるが、自分を殺そうとした黒崎を始末することが先決と考え、黒崎の出身地の北海道へ出掛けてみた。黒崎の両親が暮らしている函館へもいって、何日間か歩きまわったが、彼の居所をつかむことはできなかった。

　黒崎にはかつて一緒に棲《す》んでいた女性がいたのを知り、高浜はその人の住所をつかもうとしていた。

そこへ警視庁の刑事があらわれ、

「高浜敬三さん、あなたにはききたいことが山ほどある」

　といわれて連行された。

2

　茶屋は、静岡市清水の桐谷苑子を訪ねた。彼女の家へはハルマキがいっている。

　玄関へ声を掛けると、苑子が出てきてにこりとした。茶屋を迎えた彼女は、家の奥を指した。そこにはハルマキがいて、水色の薄布をミシンで縫っていた。

「ハルマキさんは器用だし、仕事をすぐに呑《の》み込んで、てきぱきと」

　大いに役立っているのだと、苑子は手ばなしでほめた。

「私はハルマキが、そんな細かい仕事をやれるなんて、知りませんでした。私の事務所でハルマキがやっていたのは、昼めしをつくることとか、買ってくることだけでした」

「ひどい」

　ハルマキは叫ぶような声を出したが、ミシンから離れようとしなかった。

「花香さんの背中の疵《きず》はよくなりましたか」

　有刺鉄線のボールを投げつけられた怪我のことを茶屋はきいた。

「点々と疵の跡が残っていますけど、もう痛みはないといっています」

　花香は会社へ出勤しているという。

「どうして、身内の者が次から次へと……」

　茶屋の前へ冷えた麦茶を置くと、苑子は暗い顔をした。

　茶屋は伏し目がちの苑子の顔を観察してから、

「桐谷さんは、二十年あまり前まで、箱根でお店をやっていましたね」

　苑子は、「はい」と小さい声で返事をしたが、目を伏せたままだった。箱根に住んでいて、みやげ物などを扱う店を営んでいたことには、触れられたくないといっているように見えた。

　桐谷家が箱根に住んでいたとき、ある事件が発生した。真夜中に小さな物音をきいた苑子の夫の父が目を覚ました。家の中や「いなほ堂」という店を物色しているらしい夜盗に気付いたのだった。

　福松という名の夫の父は、少しばかり気の強い人だったのか、日本刀の鞘《さや》を払って、夜盗の後ろにそっと近寄ると、背中をななめに斬った。夜盗はその場に倒れ、出血多量で死亡した。

　盗みに入ったのは、小田原市内に住んでいた広野《ひろの》四郎《しろう》という五十代の男だった。事件後、広野家は静岡県裾野《すその》市へ移転した。四郎の現在の家族は、妻光枝《みつえ》（七十一歳）、長男吉明《よしあき》（四十六歳）、長女桜子《さくらこ》（四十三歳）、次男正志《まさし》（四十歳）。

なぜか広野家の人たちはからだが弱く、いつもだれかが病床に臥《ふ》せている。吉明も桜子も正志も会社勤めをしていたが、病気のために長く休むため、勤め先から辞めてくれといわれ、職を転々としていることが分かった。


茶屋は広野家の住所を確認してから裾野署へ寄って、「ある事件について、きいていただきたいことがあります」と告げた。受付へ出てきた若い警官は、茶屋の頭から足元まで入念に観察してから、相談室へ案内した。
五、六分経《た》つと四十代半ばの前田《まえだ》という刑事課の係長が、陽焼《ひや》け顔で三十歳ぐらいの池上《いけがみ》という部下と一緒にやってきた。
茶屋は二人に名刺を渡して、世間からは旅行作家と呼ばれていて、週刊誌などに旅の風情《ふぜい》などを書いている、と自己紹介した。

二人の警官は、この男はなにを話すつもりなのかといっているように、茶屋の顔をじっと見ていた。

茶屋は、裾野市内に住んでいる広野という姓の家族の名を並べた。

「この家族は二十数年前まで、小田原市に住んでいました。家族全員が独身です」

若い警官がノートにペンを走らせた。

「戸主は広野四郎という名でしたが、彼は初夏のある深夜、箱根湯本の『いなほ堂』というみやげ物店へ盗みに入りました。……『いなほ堂』主人の桐谷福松という人は、不審な物音をきいてドロボウだろうと気付いたのでしょう」

「その事件を以前、神奈川県警の刑事からきいたことがあります。『いなほ堂』の主人は日本刀で、広野というドロボウを断って、殺してしまったんでしたね」

係長がいった。

「そのとおりです。その事件後、『いなほ堂』をやっていた桐谷家は、店を人に譲って、鎌倉へ転居しました。ところが、家族や関係者が相次いで事件に遭うようになりました」

「事件とは、どんな」

係長がきいた。

「最初に事件に遭ったのは、東京で独り暮らしをしていた二十七歳の桐谷沙希。彼女は、ある俳優と親しくしていて、その人と都内で会う約束をしていたのですが、彼女はその場所へ現れなかった。彼女の消息はまったく分かりませんでしたが、行方不明の一週間あまり経った日、相模川で遺体で発見されました」

「その事件は憶えています。新聞で読みました。何者かに裸にされて、冬の川へ突き落とされたようでしたね」

係長は眉を寄せた。


茶屋は、桐谷家の家族と関係のある人が殺害されたり、事件に遭ったことを話した。次々に事件に遭うので、桐谷家は静岡県の清水へ転居した。ところがそこでも奇妙な事件に遭っていると話した。

「私は、桐谷家を取り巻く事件の原因を考えているうちに、あることに気付きました。桐谷家の人たちとその関係者は、特定の人物から恨みをかっている。その恨みとは、二十数年前、箱根湯本の『いなほ堂』で、真夜中に斬り殺された広野四郎の怨念を背負っている人たち。つまり広野の家族が、平穏そうな生活《くらし》をしている桐谷家の人たちに危害を加えているのではないかと」

茶屋は、バッグから小型のカメラを取り出し、モニター画面を二人の刑事に見せた。それは茅ヶ崎西郵便局管内から投函《とうかん》された白い封筒。差出人は岐阜県下呂市の滝田美代子で、世田谷区梅ヶ丘・アモールの桐谷沙希に宛てた手紙だ。文面は「わたしはあきらめない。ぜったいにやりとげる」

「挑戦状だな」

係長はモニターをにらんでいたが、

「挑戦状をほめるのはなんだが、うまい字だね」

といって、唸《うな》るような声を出した。

「これを出したことになっている滝田美代子は実在しています。私は下呂へいって、彼女に会いましたし、彼女の書いたものを見せてもらいましたが、あまり字のうまい人ではありませんでした。それに桐谷沙希などという人は知らないといって、自分の名前を使われたことにびっくりしていました」

手紙を書の鑑定家に見てもらったところ、女性の字だろうといわれたと茶屋はいった。

「裾野市に住んでいる広野家の人たちの筆跡を、手に入れることができないでしょうか」

「筆跡か。最近は文字を書く機会が少なくなったから……」

係長は腕組した。

「通っていた学校には残っているだろうね」

係長だ。

「勤務先はどうでしょうか」

陽焼け顔がいった。

「そうだな。勤務先には本人の書いたものがあるだろう。書の鑑定家は、手紙の字を見て、女性の字の可能性があるといったんですね」

係長は茶屋の顔にきいた。

茶屋はうなずくと、ノートを開いて広野家の家族名と年齢を書いているページを二人に見せた。

「光枝は七十一歳で無職。娘の桜子は四十三歳で会社員。現在の勤務先は分かっていますか」

係長がきいた。

茶屋はこれから調べようと思っていると答えた。

係長は池上に、桜子の勤務先をつかむようにと指示した。茶屋と池上は広野家の住所をあらためて見にいった。

そこは御殿場《ごてんば》線の南御殿場駅の近くで、古い木造の二階屋だ。玄関に表札は出ていなかった。壁は何年にもわたって風雨にさらされて変色している。玄関ドアの前に植木鉢が一つ置いてあるが、花は散り、葉は枯れかかっていた。この家には四人が暮らしていて、全員が独身である。真夏の日中なのにどの窓も開いておらず、まるで眠り込んでいるようだ。

　茶屋と池上は、広野家を見ただけで声を掛けず、玄関のドアが半分開いているななめ前の家のインターホンを押した。

　すぐに体格のいい主婦らしい女性が出てきた。

「広野さんとは、お付合いなさっていますか」

　茶屋がきいた。

「お付合いというほどではありませんが、ご近所ですので、顔を合わせればご挨拶ぐらいはしています」

　広野家には四十代の人が三人いるが、というと、主婦は少し表情を変えて、三人とも独身だといった。主婦は三人の勤め先を知らないといったが、

「一か月ほど前の雨の夕方、女性が勤め先のものらしい車に送られてきたのを見ました。その車には会社名が書いてありました」

「その会社名を憶えていらっしゃいますか」

「憶えています。ここから歩いて十五分ぐらいの駿《する》河《が》富《ふ》士《じ》製菓でした」

　茶屋と池上はうなずき合った。

　駿河富士製菓は裾野市の有名企業で、従業員は七、八十人いるらしいと池上がいった。二人はすぐに会社を訪ねた。クリーム色の二階建てと倉庫のような格好の建物が、白い塀に囲まれていた。クリーム色のほうが事務棟だった。

　池上が女性社員に身分証を見せて、広野桜子という社員がいるかをきいた。発送係にいることが分かった。

　責任者に会いたいと告げると、四十代半ばのメガネの人事係の男が出てきて、茶屋と池上を応接室へ通した。

広野桜子はどのような仕事に就いているのかを池上が尋ねた。

「入社して半年ぐらいです。きれいな文字を書く人だと分かったので、商品の発送を担当してもらっています。当社はビスケットやクッキーを主に製造しています。注文を受けた商品の種類と数量などを確認すると、礼状を添えて発送することにしています」

広野桜子が書いたものを見せてもらいたい、と池上がいった。

人事係は部屋を出ていったがすぐに白いペーパーを二枚持ってきて、茶屋と池上の前へ置いた。

「いつもお世話になっております。新商品のクッキーが出来ましたので、サンプルを同封させていただきました。ご意見をいただけますと幸いでございます。広野」

二枚とも流れるようなペンの文字だ。これを受け取った人は、まるめたり捨てたりしないのではないか。

「これをあずかりますが、よろしいでしょうか」

池上が断わった。

「広野の筆跡のご確認のようですが、なにかの事件にでも……」

人事係はメガネの縁に手をやった。

「参考にさせていただきます」

池上は曖昧なことをいって椅子を立った。

裾野署にもどると、広野桜子が取引先に宛てた挨拶状と、茶屋がカメラに収めた封筒と脅迫文の文字を何人かで見比べた。鑑識係員にも見せた。

警視庁北沢署に連絡して、「滝田美代子」が「桐谷沙希」に宛てた封書を電送してもらった。

「同一人の字だ」

両方を見比べると何人かがいった。

裾野署は勤務を終えて出てくる広野桜子を、門の外で待った。

午後六時、終業のベルが鳴った。十分もすると社員が門を出てくるようになった。会話をして笑いながら出てくる人もいたし、駐車場へ向かう人もいた。広野桜子は午後六時二十分に白いバッグを提げて門を出てきた。だれとも会話をしていなかった。

3

裾野署は、広野家を張り込んで、勤め先から帰宅した広野吉明と弟の正志を署に連行した。母親の光枝は十日ほど前から床に臥せていて、日に一度しか食事をしないという。

吉明、桜子、正志から事情をきいたあと、三人を鎌倉署へ移した。

桜子は、下呂市の滝田美代子の名で、東京・世田谷区の桐谷沙希に脅迫の手紙を送ったことを認めた。滝田美代子の氏名は、下呂温泉での散歩中、たまたま住宅の表札を見て、脅しの差出人にすることを思い付いたのだといった。

なぜ、桐谷沙希に脅迫文を送ったのかというと、

「桐谷の家族が憎かったから」

と、答えた。その理由は、父が箱根湯本で桐谷福松に日本刀で斬られて殺されたからであり、父の死後、家族が次つぎに病気になったり、勤め先を解雇されたりしたからだ。父は「いなほ堂」という店へ盗みに入ったのはたしかだが、殺されるほどのことはしていなかった。父が刀で斬り殺されたのを知ったとき、無惨すぎると感じ、いつか復讐《ふくしゅう》をしてやろうと企《たくら》んでいた。桐谷家の全員をこの世から消すことも考えた。と、一点に目を据えて答えた。

「桐谷沙希さんを拉致したことを認めるか」

と、取調官がきいた。

桜子はうなずいた。だれが連れ去ったのかをきくと、兄妹三人でやったと答えた。

「桐谷沙希さんは、裸の遺体で発見されたが、着ていた物を脱がせたのか」

「脱がせました」

「なぜだ」

「値の高そうな、しゃれた物を着ていたのが憎かったので」

彼女は口許《くちもと》を少しゆがめた。

「あんたと、兄の吉明と弟の正志も、桐谷家の家族を恨んでいた。……二月のことだったが、桐谷花香さんの婚約者だった鎌倉市役所職員の松下尚行さんが、長谷駅の近くで、何者かに刃物で襲われ、重傷を負い、それがもとで死亡した。それもあんたたちの犯行だろう」

桜子は五、六分黙っていたが、唇を嚙《か》んでから、

「そうです」と答えた。

「だれがやったんだ」

「正志です」

「殺すつもりでやったんだな」

「はい。……桐谷花香が悲しむのを見たかったんです」

「見たのか」

「いいえ。想像はしました」

桜子は熱を計るように額に手を当てた。冷や汗を感じたのではないか。

「三月のことだが、桐谷苑子さんの弟の兵畑島三郎さんがダンプカーに追突して重傷を負う事件があった。兵畑さんの話から、それは事故ではなく故意に起こした事件だと判断した。……だれがやったんだ」

「兄です」

吉明だ。

「打ちどころによっては、死亡するところだった。……吉明は、兵畑さんを殺すつもりだったんだろう」

桜子は目を伏せてなにもいわなかった。

「もう一件……」

取調官は、書類を勢いよくめくった。

「桐谷さんは、鎌倉に住んでいると次々に不幸な目

に遭うので、静岡市の清水へ移転した。……四月の夜のことだが、買い物に家を出た花香さんは、何者かに有刺鉄線のボールを背中に投げつけられて、怪我を負った。その犯人は、彼女の顔に投げつけたかったんじゃないかと思う。その事件もあんたの身内の犯行だろう」

桜子は口に手をあてて小さな咳《せき》をすると、正志が工事現場から盗んできた有刺鉄線のボールを使ったのだ、と小さい声で答えた。

「三人が次から次へと、さまざまな被害を桐谷家の家族や関係者に与えてきたが、これからも、なにかをやろうと計画していたんじゃないのか」

取調官は、桜子の顔を刺している目に力を込めた。

桜子は、なにかいおうとしたらしいが、思いとどまったのか、口を固く閉じた。

「あんたは、桐谷苑子さんを観《み》たことがあるか」

「あります」

「どこで」

七月の日曜日に静岡市清水区新富町の住まいを、出入りしている苑子を見た、と答えた。

「苑子さんに、危害を加えようとして、家を見張っていたのではないのか」

桜子は、うなずきもしないし、首を横に振ろうともしなかった——

九月になった。急に気温が低くなった日の午後、茶屋は窓をいっぱいに開けた。駐車場を囲むように立っているハナミズキの葉が色づいていた。深紅色の実を何羽かの雀《すずめ》がつついているのを、しばらく見下ろしていた。

サヨコは、鏡に顔を映すと、「お先に」といって帰った。ドアに差し込まれた夕刊に、高浜敬三の名を見つけた。彼は黒崎安広という男に刃物で襲われたあと、自宅と別荘を売って、都内のホテルに滞在していたが、二十数年前、出身地の長野県下諏訪町

で、少年を殺害したことを自供した、と載ってい
た。
どうやら、俳優として活躍する途《みち》を絶たれたよう
だ。
高浜が、材木座の別荘を訪ねた下諏訪町の牛山萌
子に、いくばくかの金を渡していたら、二十余年前
の犯行は、まだ暴露されていなかったかもしれな
い。

窓に雨があたる音をきいた。茶屋は、ジャケット
を腕に掛け、傘を持った。新宿で電車を降りると、
雨はやんでいた。
歌舞伎町のあずま通りをゆっくり歩いて、小料理
屋の「酒楽《しゆらく》」へ入った。三十をいくつか出たエツ子
は、眉を長く描いていた。
六十歳ぐらいに見える女将《おかみ》の蝶子《ちようこ》は、カウンター
のなかに腰掛けてタバコを喫《す》っていたが、茶屋を見
るとにこりとして立ち上がった。
顔の大きい男が壁に貼り付くように腰掛けて、目
を瞑っている。頭のてっぺんが天井のライトをはね
返していた。茶屋が横に腰掛けると目を開けて、
「やあ」といった。
「キドキュウ」と呼ばれている週刊八方の鬼頭記者
だ。去年の十一月、鎌倉で、高浜敬三が俳優になる
までの経緯を、鬼頭から詳しくきいたことを思い出
した。
鬼頭は手酌で盃《さかずき》に注《つ》ぐと、一気に飲み干し、ま
た目を瞑った。いつもの鬼頭ではない。
「鬼頭さんは、きょう……」
蝶子がいいかけて、口に手をあてた。
「なにかあったの」
茶屋は酒を一口飲んで蝶子の顔を見つめた。
「鬼頭さんはきょう、お父さんを、施設に、お願い
してきたんですってさ」
エツ子が両手で顔をおおい、背中を波打たせた。
茶屋は以前、鬼頭から、八十歳近い父親と二人暮

らしだときいたことがあった。父親は中学校の教師だったというが、七十代になると、突然妙なことをいったり、とっくに亡くなった妻の名を呼ぶのだといっていた。『朝食を摂《と》っていて、急に押し入れから鞄《かばん》を取り出して、外出しようとすることもある』と話したこともあった。

茶屋は、目を閉じている鬼頭の背中に手を置いて、彼の盃に酒を注いだ。

鬼頭と茶屋のほかに客は入ってこなかった。

「茶屋先生、なにか書いて」

蝶子は、色紙と筆ペンをカウンターへ置いた。

［宵時雨

　父をあずけて

駅に佇《た》つ」

著者注・この作品はフィクションであり、登場する人物および団体は、すべて実在するものといっさい関係ありません。

ノン・ノベル百字書評

キリトリ線

なぜ本書をお買いになりましたか(新聞、雑誌名を記入するか、あるいは○をつけてください)

- □ (　　　　　　　　　)の広告を見て
- □ (　　　　　　　　　)の書評を見て
- □ 知人のすすめで
- □ タイトルに惹かれて
- □ カバーがよかったから
- □ 内容が面白そうだから
- □ 好きな作家だから
- □ 好きな分野の本だから

いつもどんな本を好んで読まれますか(あてはまるものに○をつけてください)

●**小説**　推理　伝奇　アクション　官能　冒険　ユーモア　時代・歴史　恋愛　ホラー　その他(具体的に　　　　　　　　)

●**小説以外**　エッセイ　手記　実用書　評伝　ビジネス書　歴史読物　ルポ　その他(具体的に　　　　　　　　)

その他この本についてご意見がありましたらお書きください

最近、印象に残った本をお書きください		ノン・ノベルで読みたい作家をお書きください	

1カ月に何冊本を読みますか	冊	1カ月に本代をいくら使いますか	円	よく読む雑誌は何ですか	

住所					
氏名		職業		年齢	

あなたにお願い

この本をお読みになって、どんな感想をお持ちでしょうか。

この「百字書評」とアンケートを私までいただけたらありがたく存じます。個人名を識別できない形で処理したうえで、今後の企画の参考にさせていただくほか、作者に提供することがあります。

あなたの「百字書評」は新聞・雑誌などを通じて紹介させていただくことがあります。その場合はお礼として、特製図書カードを差しあげます。

前ページの原稿用紙(コピーしたものでも構いません)に書評をお書きのうえ、このページを切り取り、左記へお送りください。祥伝社ホームページからも書き込めます。

〒一〇一―八七〇一
東京都千代田区神田神保町三―三
祥伝社
NON NOVEL編集長 坂口芳和
☎〇三(三二六五)二〇八〇
www.shodensha.co.jp/bookreview

NON NOVEL

「ノン・ノベル」創刊にあたって

「ノン・ブック」が生まれてから二年一カ月、ここに姉妹シリーズ「ノン・ノベル」を世に問います。

「ノン・ブック」は既成の価値に〝否定《ノン》〟を発し、人間の明日をささえる新しい喜びを模索するノンフィクションのシリーズです。

「ノン・ノベル」もまた、小説《フィクション》を通して、新しい価値を探っていきたい。小説の〝おもしろさ〟とは、世の動きにつれてつねに変化し、新しく発見されてゆくものだと思います。

わが「ノン・ノベル」は、この新しい〝おもしろさ〟発見の営みに全力を傾けます。

ぜひ、あなたのご感想、ご批判をお寄せください。

昭和四十八年一月十五日

NON・NOVEL編集部

NON・NOVEL—1059
長編旅情推理
旅行作家・茶屋次郎の事件簿　鎌倉殺人水系《かまくらさつじんすいけい》

令和5年2月20日　初版第1刷発行

著　者　梓《あずさ》　林《りん》　太《た》　郎《ろう》
発行者　辻　浩　明
発行所　祥《しょう》　伝《でん》　社《しゃ》
〒101—8701
東京都千代田区神田神保町 3-3
☎03(3265)2081(販売部)
☎03(3265)2080(編集部)
☎03(3265)3622(業務部)
印　刷　錦　明　印　刷
製　本　ナ シ ョ ナ ル 製 本

ISBN978-4-396-21059-5　C0293
Printed in Japan
祥伝社のホームページ・www.shodensha.co.jp

長編推理小説 十津川班捜査行 湘南情死行 西村京太郎

長編推理小説 近鉄特急 伊勢志摩ライナーの罠 西村京太郎

長編推理小説 十津川班捜査行 わが愛 知床に消えた女 西村京太郎

長編推理小説 十津川警部捜査行 外国人墓地を見て死ね 西村京太郎

トラベル・ミステリー 十津川警部捜査行 宮古《みやこ》行「快速リアス」殺人事件 西村京太郎

長編推理小説 生死を分ける転車台 天竜浜名湖鉄道の殺意 西村京太郎

トラベル・ミステリー 十津川警部捜査行 カシオペアスイートの客 西村京太郎

長編推理小説 十津川警部捜査行 SL「貴婦人号」の犯罪 西村京太郎

トラベル・ミステリー 十津川直子の事件簿 西村京太郎

長編推理小説 九州新幹線マイナス1 西村京太郎

トラベル・ミステリー 十津川警部 怪しい証言 西村京太郎

長編推理小説 十津川警部 哀しみの吾妻線《あがつま》 西村京太郎

推理小説 十津川警部 悪女 西村京太郎

長編推理小説 十津川警部 七十年後の殺人 西村京太郎

トラベル・ミステリー 十津川警部 裏切りの駅 西村京太郎

長編推理小説 十津川警部 絹の遺産と上信電鉄 西村京太郎

長編推理小説 十津川警部 わが愛する犬吠の海 西村京太郎

長編推理小説 十津川警部 予土線《ローカル》に殺意が走る 西村京太郎

長編推理小説 十津川警部 路面電車と坂本龍馬 西村京太郎

長編推理小説 十津川警部シリーズ 阪急電鉄殺人事件 西村京太郎

長編推理小説 十津川警部シリーズ 伊豆箱根《いずはこね》殺人回廊 西村京太郎

長編本格推理小説 鯨の哭《な》く海 内田康夫

長編推理小説 棄霊島《きれいじま》 上下 内田康夫

長編推理小説 還《かえ》らざる道 内田康夫

長編推理小説 汚《よご》れちまった道 内田康夫

長編旅情推理 釧路川殺人事件 梓林太郎

長編旅情推理 笛吹川殺人事件 梓林太郎

長編旅情推理 紀の川殺人事件 梓林太郎

長編旅情推理 京都 保津川殺人事件 梓林太郎

長編旅情推理 京都 鴨川殺人事件 梓林太郎

長編旅情推理 日光 鬼怒川殺人事件 梓林太郎

長編旅情推理 神田川殺人事件 梓林太郎

NON NOVEL

長編旅情推理　金沢　男川女川殺人事件　梓林太郎

長編旅情推理　安芸広島　水の都の殺人　梓林太郎

長編旅情推理　博多　那珂川《なかがわ》殺人事件　梓林太郎

長編旅情推理　倉敷　高梁川《たかはしがわ》の殺意　梓林太郎

長編旅情推理　木曽川　哀しみの殺人連鎖　梓林太郎

長編旅情推理　大井川殺人事件　梓林太郎

長編旅情推理　急流・富士川　殺意の悔恨　梓林太郎

長編旅情推理　鎌倉殺人水系　梓林太郎

長編推理小説　歌舞伎町謀殺　顔のない刑事・刺青捜査　太田蘭三

長編推理小説　京都鞍馬《くらま》街道殺人事件　木谷恭介

本格推理コレクション　しらみつぶしの時計　法月綸太郎

推理アンソロジー　まほろ市の殺人　有栖川有栖他

長編本格推理　男爵《バロン》最後の事件　太田忠司

長編ミステリー　幻影のマイコ　太田忠司

連作ミステリー　少女漫画家が猫を飼う理由《わけ》　警視庁幽霊係　天野頌子《しょうこ》

連作ミステリー　紳士のためのエステ入門　警視庁幽霊係　天野頌子

長編ミステリー　警視庁幽霊係と人形の呪い　天野頌子

長編ミステリー　警視庁幽霊係の災難　天野頌子

長編本格推理　扉は閉ざされたまま　石持浅海《いしもちあさみ》

長編本格推理　君の望む死に方　石持浅海

長編本格推理　彼女が追ってくる　石持浅海

本格推理小説　わたしたちが少女と呼ばれていた頃　石持浅海

長編本格推理　賛美せよ、と成功は言った　石持浅海

長編本格推理　君が護《まも》りたい人は　石持浅海

長編本格歴史推理　親鸞《しんらん》の不在証明　鯨統一郎

本格歴史推理　空海　七つの奇蹟　鯨統一郎

天才・龍之介がゆく！　人質ゲーム、オセロ式　柄刀《つかとう》一《はじめ》

天才・龍之介がゆく！　UFOの捕まえ方　柄刀一

天才・龍之介がゆく！　消滅島　RPGマーダー　柄刀一

長編サスペンス　陽気なギャングが地球を回す　伊坂幸太郎

長編サスペンス　陽気なギャングの日常と襲撃　伊坂幸太郎

長編サスペンス　陽気なギャングは三つ数えろ　伊坂幸太郎

サイコダイバー・シリーズ
魔獣狩り 新装版　夢枕 獏

長編超伝奇小説 新装版
魔獣狩り外伝 聖母隠陀羅・美空曼陀羅　夢枕 獏

長編超伝奇小説 新装版
新・魔獣狩り序曲 魍魎の女王　夢枕 獏

サイコダイバー・シリーズ⑬〜㉕
新・魔獣狩り〈全十三巻〉　夢枕 獏

マン・サーチャー・シリーズ
魔界都市ブルース〈愁鬼の章〉　菊地秀行

マン・サーチャー・シリーズ
魔界都市ブルース〈幻舞の章〉　菊地秀行

マン・サーチャー・シリーズ
魔界都市ブルース〈恋獄の章〉　菊地秀行

マン・サーチャー・シリーズ
魔界都市ブルース〈愁哭の章〉　菊地秀行

マン・サーチャー・シリーズ
魔界都市ブルース〈鬼郷の章〉　菊地秀行

マン・サーチャー・シリーズ
魔界都市ブルース〈霧幻の章〉　菊地秀行

マン・サーチャー・シリーズ
魔界都市ブルース〈愁歌の章〉　菊地秀行

マン・サーチャー・シリーズ
魔界都市ブルース〈影身の章〉　菊地秀行

マン・サーチャー・シリーズ
魔界都市ブルース〈錦愁の章〉　菊地秀行

魔界都市ブルース
青春鬼　菊地秀行

魔界都市ブルース
闇の恋歌　菊地秀行

魔界都市ブルース
青春鬼 夏の羅刹　菊地秀行

魔界都市ブルース
妖婚宮　菊地秀行

魔界都市ブルース
〈魔法街〉戦譜　菊地秀行

魔界都市ブルース
狂絵師サガン　菊地秀行

魔界都市ブルース
美女祭綺譚　菊地秀行

魔界都市ブルース
虚影神　菊地秀行

魔界都市ブルース
屍皇帝《しこうてい》　菊地秀行

魔界都市ブルース
〈魔界〉選挙戦　菊地秀行

魔界都市ブルース
〈新宿〉怪造記　菊地秀行

魔界都市ブルース
ゴルゴダ騎兵団　菊地秀行

魔界都市ブルース
黒魔孔《こくまこう》　菊地秀行

魔界都市ブルース
餓獣の牙　菊地秀行

魔界都市ブルース
傭兵《ようへい》戦線　菊地秀行

魔界都市ブルース
幻視人《げんしびと》　菊地秀行

魔界都市ブルース
紅《くれない》の女王　菊地秀行

魔界都市ブルース
闇鬼刃《あんきじん》　菊地秀行

魔界都市ブルース
天使たちの紅《あか》い影　菊地秀行